Killyou!

© Steffen Jahsnowski

Daniel Höra, 1965 geboren, arbeitete nach der Schule am Fließband, war Möbelträger, Altenpfleger, Taxifahrer und TV-Redakteur. Sein Debüt »Gedisst« wurde von der Presse hochgelobt, »Braune Erde« wurde mit mehreren Preisen bedacht und vom Börsenverein des Deutschen Buchhandels 2012 in die Liste der 100 besten Kinder- und Jugendbücher aufgenommen. Daniel Höra lebt als freier Autor in Berlin.

Daniel Höra

Außerdem in der Reihe Carlsen Clips lieferbar:
Alles zu viel
Auf dich abgesehen
Ich glaub euch kein Wort
Ich weiß alles über dich
Immer on
Mehr als ein Spiel
Von wegen Freundschaft
Wir sehen uns im Westen

Mit Fragen zur Produktsicherheit wenden Sie sich bitte an:
carlsen.de/kontakt

Originalausgabe
Veröffentlicht in der Carlsen Verlag GmbH
Völckersstraße 14-20, 22765 Hamburg
Februar 2018
Copyright © 2018 Carlsen Verlag GmbH, Hamburg
Umschlagabbildung: shutterstock.com © Macrovector/Blackregis/veronchick84
Umschlaggestaltung: formlabor
ISBN 978-3-551-31659-2

Kostenloses Unterrichtsmaterial zu diesem Buch und vielen weiteren Büchern gibt es unter carlsen.de/schule.

CARLSEN-Newsletter: Tolle Lesetipps kostenlos per E-Mail!
Unsere Bücher gibt es überall im Buchhandel und auf carlsen.de.

1

Verdammt, beinahe hätte er mich erwischt. Ich konnte mich gerade noch rechtzeitig ducken. Feuerte fast das gesamte Magazin auf den Bastard. Blutfontänen spritzten aus den Wunden. Eine Frau schrie. Ich drehte mich um die eigene Achse. Nichts. Also weiter, die Zeit lief.

Wo war der plötzlich hergekommen? Ich hatte doch alles abgesichert. Ich war wohl nachlässig geworden, hatte mich zu sicher gefühlt. Unterwegs schaltete ich noch ein paar Gegner aus und rannte, rannte, rannte. Wieder hörte ich die Frau schreien.

Das verwirrte mich für einen Augenblick. Doch der Moment reichte aus, um den Typen vor mir nicht gleich zu bemerken. Er fuchtelte bereits in meinem Gesichtsfeld rum. Ich drückte den Abzug. Zu spät. Als ich den Knall hörte, explodierte schon mein Kopf.

Shit, Shit, Shit! Ausgerechnet jetzt. Ich war so nah dran gewesen. Wieder schrie die Frau.

„Tim!"

Es war meine Mutter. Sie stand in der Tür und wirkte ziemlich wütend.

„Sag mal, hörst du mich nicht? Ich hab schon ein paarmal gerufen." Sie schüttelte den Kopf. „Mich kotzt das an. Du bist völlig versunken, wenn du an der Konsole sitzt. Das wird immer schlimmer. Ich finde, wir sollten mal über ein Zeitlimit nachdenken."

Blablabla. Das kannte ich schon, das kam ständig. Aber am Ende passierte nix und ich ballerte weiter. Ja, es stimmte, ich verbrachte Zeit an der Konsole. Aber nicht übertrieben viel. Vielleicht drei Stunden pro Tag. Na gut, manchmal vergaß ich auch einfach die Zeit.

Ich hatte die Konsole zum zwölften Geburtstag bekommen. Seitdem zockte ich eben nach der Schule. Anfangs richtig viel, wie das so ist bei neuen Sachen. Strategiespiele, Autorennen, Fifa und so was. Aber das hat man schnell durch und dann wird es öde. Es hatte Tage gegeben, da spielte ich gar nicht. Ich hab sogar darüber nachgedacht, die Konsole zu verkaufen.

Aber dann kam *Call of the Force* raus. DAS Spiel! Das war vor einem halben Jahr und seitdem faszinierte es mich total. Es war einfach alles drin: Strategie, Geballer, Action, Rätsel, Autorennen. Das Spiel forderte einen richtig, und wenn man weiterkam, hatte man wirklich was geschafft.

Ich kannte jede Menge Leute, die schnell aufgaben, weil das Spiel zu knifflig war.

Umso besser. *Call of the Force* spielten nur die richtig guten Gamer. Mütter kapierten so was nicht. (Vielleicht hätte mein Vater es geschnallt, aber der interessierte sich nur für seine neue Familie.)

Ich schlurfte in die Küche, hockte mich an den Tisch und bekam den nächsten Anschiss.

„Setz dich doch mal richtig hin. Irgendwann kriegst du noch einen Buckel!"

Die Bemerkung sollte witzig sein, war es aber nicht. An meiner Mutter war gar nichts witzig. Sie war der pure Stress.

Das Essen verlief wie immer: Ich stocherte auf meinem Teller rum, meine Mutter laberte und ich hörte nicht zu. Nickte nur hin und wieder.

„Wie war es in der Schule?", fragte sie irgendwann.

„Toll", gab ich zurück.

Sie schaute genervt. „Kannst du vielleicht etwas mehr erzählen?"

„Wie immer.“

Sie hob hilflos die Arme. „Ich hab keine Ahnung, wie es *immer* in der Schule ist. Allzu viel höre ich ja nicht von dir.“

„Langweilig.“

„Geht es vielleicht auch in ganzen Sätzen?“

„Die Schule war langweilig. Subjekt, Prädikat, Objekt.“

„Danke für das Gespräch“, antwortete sie und aß dann schweigend weiter. Es war eines dieser Schweigen, das sich wie ein schwarzes Tuch über uns legte.

Jetzt war sie schon wieder wütend. Das war sie dauernd.

Was sollte ich aber auch von der Schule erzählen? Dass wir in Chemie über Säure-Base-Reaktionen sprachen? Dass wir in Englisch einen Test geschrieben hatten? Dass der Sportlehrer meinte, ich solle an meiner Haltung arbeiten? Das war alles so langweilig.

Außerdem war ich gut in der Schule. Ich schrieb gute Noten. Das wusste meine Mutter. Also wozu darüber reden? Das brachte doch alles nichts.

Hoffentlich ging sie bald zu ihrem verdammten Yoga-Kurs. Da konnte sie dann

Atemübungen machen und sich einreden, dass sie dadurch ein besserer Mensch wurde. Und ich konnte endlich wieder weiterzocken.

Ich war mit Josh, einem anderen *Call of the Force*-Spieler, online verabredet. Wir wollten zusammen dieses verdammte Depot mit den Waffen für die Rebellen finden. Das war eine Aufgabe, die erledigt werden musste. Zack! Das ging nicht mit Labern und Peace und Herzchen-Emojis, das war Realität.

Okay, sie war virtuell, ich war ja nicht doof. Aber sie war spannend. Und man konnte ganze Welten entdecken. Neue Welten, die nicht so öde waren wie die alte, in der wir lebten. Wo alles schon entdeckt, untersucht, ausgelutscht und genormt war. Wo Leute Fahrradhelme trugen und Lebensversicherungen hatten. Wo es keine Abenteuer mehr gab. Nur noch tote Menschen.

2

Im Bus zur Schule traf ich Helen.

Ich mochte sie. Sie war nicht eingebildet, so wie die anderen Schnepfen. Die mit den Schmink-Tutorials und den Instagram-Smoothie-Snapchat-Kätzchen-Postings und den idiotischen LOL-, FML- und DAD-Kürzeln. Helen verstand zwar nichts von Spielen, aber sie redete gern über Musik. Und ich hörte ihr gern dabei zu.

„Ich war gestern bei *End of Days*", begrüßte sie mich. „Das ist 'ne Indie-Band aus Polen. Großartig." Sie strahlte wie eine Wunderkerze. „Nach dem Konzert sind wir noch mit der Band rumgezogen. Das war lustig."

„Kann ich mir vorstellen", sagte ich.

„Du solltest mal zu einem Konzert mitkommen."

Ich zuckte mit den Schultern. „Ja, irgendwann."

„Nächste Woche. Da spielen *Bleep*. Das könnte doch das Irgendwann sein, das du meintest."

„Ich denke mal drüber nach."

„Mann, ist das schwierig mit dir." Helen verdrehte die Augen. „Ich besorge auch die Karten. Du musst nur mitkommen, ein bisschen zur Musik wippen und so tun, als hättest du Spaß."

„Okay", sagte ich grinsend.

Helen grinste ebenfalls. „Also haben wir ein Date?"

„Abgemacht", antwortete ich. Wir gaben uns die Hand.

Im Schulgebäude trennten wir uns. Wir waren in verschiedenen Klassen.

Ich ging den Flur entlang zu unserem Raum. Ich grüßte nach links, ich grüßte nach rechts. Ich bewegte mich wie ein Fisch im Wasser. Und wir schwammen ja alle im selben Teich, das schweißte zusammen.

Aber mit den meisten hatte ich trotzdem nichts zu tun. Was nicht daran lag, dass ich sie nicht mochte oder sie mich nicht. Ich war einfach nicht daran interessiert, Beliebtheits- wettbewerbe zu gewinnen. Während andere ständig ihre Outfits zur Schau stellten oder Selfies posteten oder den Coolen hinterherrannten, hielt ich mich zurück.

Ich hatte mit niemandem Streit und wollte auch keinen. Aber ich ließ mir auch nichts gefallen. Das wussten die Leute und respektierten mich.

„Hey Bro!" Cem klatschte mich ab. „Ich hab gestern den Turm geknackt."

Cem zockte auch und *Call of the Force* war unser Ding.

„Wie hast du das geschafft?" Seit Tagen versuchte ich in diesen verdammten Turm zu kommen, auf dem sich mehrere Assassins versteckt hielten. „Nee, stopp. Ich will es gar nicht wissen. Ich krieg das auch so hin."

Cem grinste. „Kleiner Tipp?" Er zeigte mir mit Daumen und Zeigefinger, wie groß der Tipp sein sollte. „Du musst zurück zur alten Festung."

Wie oft war ich da rumspaziert? Und doch hatte ich offenbar etwas übersehen.

Auch wenn ich es nicht wollte, ich warf Cem einen bewundernden Blick zu.

Dann ging die Tür auf und Johnny English kam rein.

Er hieß eigentlich Uwe Kloß, war unser Klassenlehrer und gab Deutsch und Englisch. Wir nannten ihn nach der Figur aus den Filmen mit diesem britischen Komiker. Kloß sah so ähnlich aus wie der Typ und er war genauso verpeilt.

Taluah hatte ihn mal gefragt, ob er schon versucht hätte bei Finder eine Frau zu daten. Johnny English war nämlich auf der Suche, das war kein Geheimnis. Er hatte geantwortet, dass er diese Finder-Diskothek nicht kennen würde. Aber das wäre eh nichts für ihn. Er sei mehr der Romantiker.

Warum wir so lachten, hat er nicht verstanden. Na gut, er war ja auch schon alt. Vielleicht vierzig. Und eigentlich war er ganz in Ordnung. Als er unsere Tests austeilte, blieb er kurz bei mir stehen und wiegte den Kopf.

Eine Fünf. Mist! So schlecht war ich sonst nie.

Aber ich wusste auch, warum es dieses Mal so danebengegangen war: Am Abend vor dem Test hatte ich gespielt, statt zu lernen. Ich hatte versucht das Rätsel um den magischen Cube zu knacken, bis Mitternacht. Und es schließlich auch geschafft. Da musste Englisch leider zurückstehen.

Okay, für die Deutsch-Arbeit in der nächsten Woche würde ich was tun. Erst lernen, dann zocken.

Am Nachmittag saß ich vor der Konsole und überlegte. Eigentlich sollte ich jetzt also lernen. Eigentlich. Aber das Spiel lockte mich. Ich hatte schon die Hand ausgestreckt, um einzuschalten. Dann zögerte ich.

Doch erst Deutsch? Spielen?

Ich beschloss, ein wenig zu lernen und danach die Konsole anzuschalten.

Also nahm ich mir die Arbeitsblätter vor. Aber ich konnte mich nicht konzentrieren. Es ging um Mediennutzung. Genauer gesagt um Tageszeitungen. Das kam mir so von gestern vor. Wer las denn so was noch?

Und außerdem musste ich ständig daran denken, was Cem über die alte Festung erzählt hatte. Irgendetwas hatte ich dort übersehen. Die Sache nagte an mir.

Drei Minuten später war ich in der Festung und suchte nach Hinweisen.

Hoffentlich hatte Cem mich nicht reingelegt. Als Spieler waren wir ja auch Konkurrenten. Manchmal kämpften wir gegeneinander. Manchmal miteinander. Manchmal wusste man gar nicht, wer Freund oder Feind war. Das war dann besonders heftig.

Nach einer Weile entdeckte ich eine

Chipkarte. Sie lag in einer rostigen Konservendose.

Wie hatte ich die übersehen können? Am liebsten hätte ich in den Bildschirm geschlagen. Ich war so wütend, dass ich die Konsole ausstellte.

Okay, vergiss die Karte und mach jetzt Deutsch, redete ich mir zu.

Es gelang mir tatsächlich, an diesem Tag nicht mehr einzuschalten. Allerdings ging ich die Abläufe des Spiels in Gedanken immer wieder durch. Ich träumte sogar davon.

Und in meinem Traum war ich es selbst, der durch die Szenerien marschierte, rumballerte, Rätsel löste.

Lustig, ich war eine Spielfigur.

3

In den Pausen hing ich inzwischen öfter mit Helen rum.

„Denk an das Konzert", sagte sie jedes Mal, wenn wir uns verabschiedeten.

Ich fand Helen nett. Manchmal ertappte ich mich dabei, wie ich vor mich hin grinste, wenn ich an sie dachte. Sie war lustig und sagte Dinge, über die ich lachen musste. Es gab nicht viele Mädchen, die das schafften. War ich in sie verliebt? Keine Ahnung. Auf jeden Fall war ich gern mit ihr zusammen.

Doch gerade hatte ich anderes im Kopf. Ich hatte es geschafft, zwei Tage lang nicht zu zocken. Ich hatte für Deutsch gelernt, ich hatte Hausaufgaben gemacht und ich hatte das Essen fertig, wenn meine Mutter von der Arbeit kam. Manchmal war eine Pause gar nicht so schlecht.

Jetzt juckte es mich mächtig in den Fingern und kurz darauf saß ich an der Konsole.

Ich streifte durch einen Dschungel auf der Suche nach Terroristen, zusammen mit Cems

Avatar und einem weiteren namens Holyfield, den ich nicht persönlich kannte. Wir sicherten uns gegenseitig, bis Cem den Fuß auf eine Tretmine setzte und in die Luft flog.

„Scheiße, Alter, was war das denn?", chattete er, dann klinkte er sich aus.

Auch Holyfield hatte genug. Aber ich noch nicht. Wenn ich einmal dabei war, musste ich einfach weitermachen. Und ich kam weit. Sehr weit. Bis ins Lager der Terror-Organisation.

Eigentlich hatte ich mir vorgenommen, an diesem Punkt auszuschalten. Meine Mutter hatte bereits mehrmals gerufen, ich solle endlich schlafen. Aber es ging nicht. Ich konnte nicht einfach aufhören, wo ich jetzt so weit gekommen war. Nicht an dieser Stelle!

Ich sagte mir: Nur noch die nächste Ebene, nur noch ein paar Meter, nur noch … und da spürte ich zum ersten Mal diesen Sog. Als ob mich etwas reinziehen würde in das Spiel.

Das war einerseits ein gutes Gefühl, weil sich alles plötzlich so echt anfühlte. Andererseits war es gruselig. Ich war wie berauscht und jeder noch so kleine Sieg wurde zum Triumph.

Irgendwann sah ich dann auf die Uhr und erschrak. Es war nach drei.

Trotzdem dauerte es noch eine ganze Weile, bis ich es schaffte, mich vom Spiel zu lösen.

Danach konnte ich erst mal nicht einschlafen, weil ich die Bilder so deutlich vor mir sah wie in einem 3-D-Film. Als ich endlich wegdämmerte, hoffte ich, auch davon zu träumen.

Aber am nächsten Morgen stellte ich fest, dass ich gar nichts geträumt hatte. Hinter mir lag nur grauer, bleierner Schlaf. Als ob ich für eine Weile tot gewesen wäre.

Im Bus erwartete mich Helen schon. „Ich habe einen Platz für dich frei gehalten", sagte sie und lächelte.

Aber ich ging an ihr vorbei, ohne sie anzusehen. Ich wollte jetzt nicht mit ihr reden. Ich wollte meine Ruhe. Ich war müde.

Nach dem Aussteigen nahm ich einen anderen Weg zum Schulgebäude, damit Helen keine Gelegenheit hatte, mich noch mal anzusprechen. Dabei kam ich mir total schäbig vor. Aber ich fühlte mich einfach wie betäubt.

Der Unterricht war eine Qual, und ich hatte Mühe, nicht einzuschlafen.

„Alter, du siehst aus wie gerade geboren", sagte Cem. „Völlig zerknautscht."

Ich erzählte ihm, dass ich bis nachts um drei gezockt hatte.

Er sah mich prüfend an. „Wie hältst du dich wach?"

„Mit Kaffee, aber gestern nichts."

Hin und wieder kochte ich mir Kaffee, wenn meine Mutter nicht da war, und trank ihn dann später kalt. Das war eklig, und meistens bescherte es mir eher Bauchschmerzen, als dass es mich wach hielt. Vielleicht war ich ja immun gegen Koffein.

Cem rückte seine dicke Hornbrille zurecht und beugte sich zu mir: „Ich kenne da was, das hält dich garantiert wach. Echt, damit bist du voll da."

Mir war bewusst, dass manche Gamer Aufputschmittel nahmen, doch darauf hatte ich keine Lust. Viele kifften auch, aber das beeinträchtigte die Wahrnehmung. Ich wollte klar im Kopf sein. Fit und reaktionsschnell.

Cem bemerkte mein Zögern. „Das Zeug ist gut. Macht auch nicht blöde. Ich bringe dir was mit, dann kannst du es mal probieren. Und wenn nicht, dann nicht."

Eher nicht, dachte ich und setzte mich an meinen Platz.

4

In der großen Pause steuerte ich auf Helen zu und entschuldigte mich bei ihr. „Ich hab schlecht geschlafen und war irgendwie nicht ganz da ..."

Sie winkte ab. „Passiert."

„Schön, dass du das so siehst."

Sie nickte. „Wenn ich alles persönlich nehmen würde, hätte ich längst Depressionen."

„Du bist eben eine Frohnatur", witzelte ich.

„Ja, Helen kommt vom griechischen Helena und bedeutet Sonnenschein."

Ich war mir nicht ganz sicher, ob sie mich auf den Arm nahm. „Na gut, Sonnenscheinchen", machte ich also einfach weiter. „Jetzt, wo wir das geklärt haben: Wann treffen wir uns übermorgen zum Konzert?"

„Hol mich doch ab", schlug sie lächelnd vor. „Um sieben."

Wir umarmten uns kurz. Dabei achteten wir darauf, dass unsere Körper sich nicht zu nahe kamen. Es war eher so eine Gesichtsberührung: Wange an Wange.

Später zu Hause speicherte ich die Verabredung mit Helen in mein Handy. Mit extra lautem Erinnerungston. Denn das Treffen war mir wichtig. Ich freute mich darauf, Helen außerhalb der Schule zu sehen. Ob sie in einer anderen Umgebung genauso war wie sonst? Auf dem Konzert hingen bestimmt jede Menge Leute rum, die sie kannte.

Anschließend zockte ich ein bisschen, bis meine Mutter kam.

Wir aßen zusammen und sie stellte wieder die üblichen Fragen zur Schule. Warum musste sie immer so nerven? Merkte sie nicht, dass sie damit überhaupt nichts erreichte?

Manchmal kam sie mir vor wie ein Roboter, der ein Programm abspulte. Das Programm ‚Besorgte Eltern‘: *Wie war es in der Schule? Hast du fleißig gelernt? Hast du deine Hausaufgaben gemacht?* Und so weiter und so weiter.

Eltern kapierten es einfach nicht. Man musste doch auch mal Freizeit haben. Abhängen können.

Nach dem Essen gab ich vor, ich müsse noch für ein Referat lernen, hockte mich stattdessen aber vor die Konsole. Ich war sauer und wollte auf andere Gedanken kommen.

Ist deine Schuld, Ma, sagte ich mir im Stillen.

Und statt nach einer halben Stunde aufzuhören und tatsächlich zu lernen, wie ich es geplant hatte, ballerte ich mich weiter durch die Landschaft. Jetzt erst recht. Sollte sie doch sehen, was sie von ihrer dummen Fragerei hatte.

Gleichzeitig war es verdammt schwierig aufzuhören. Denn ich spürte wieder diesen Sog. Das war erschreckend, aber auch faszinierend. Ich hatte fast das Gefühl, ich wäre irgendwie im Spiel drin. Und ein bisschen war es auch, als würde ich mich von außen sehen. Als könnte ich mir zuschauen.

Jetzt *wollte* ich gar nicht mehr aufhören. Das Referat war weit weg.

Gegen zehn steckte meine Mutter den Kopf ins Zimmer. „Du solltest ins Bett gehen."

„Gleich", sagte ich, damit sie verschwand. Sie nervte und ich hatte gerade einen richtigen Lauf.

„Ich meinte, jetzt sofort."

Verdammt, fast hätte mich eine Drohne erwischt.

„Hau ab!", rief ich. „Ich hab zu tun."

Sie schüttelte den Kopf und knallte die Tür zu. Ich ballerte weiter.

Als ich das nächste Mal auf die Uhr sah, war es nach zwei.

Noch eine Viertelstunde, sagte ich mir.
Danach wieder: noch eine Viertelstunde.

Das machte ich so oft, bis es halb sechs war und mir fast die Augen tränten.

Um sechs war ich dann im Bett, konnte aber nicht einschlafen.

Ich ging wieder und wieder meine Spielzüge durch. Irgendwann fielen mir doch die Augen zu, aber es war kein richtiger Schlaf. Eher so ein Dahindämmern. Fetzen des Spieles trieben durch meine Gedanken, vermischt mit der Stimme meiner Mutter, die mir Befehle gab. Dazwischen tauchte auch noch Helen auf.

Um halb neun rappelte der Wecker.

Ich fühlte mich wie eine Leiche. Und eine Leiche glotzte mir auch aus dem Spiegel entgegen: graue Haut, die Haare an den Schädel geklatscht, die Pupillen so winzig wie Stecknadelköpfe. Mein Kopf schmerzte, als hätte ich zu viel getrunken.

Ich hatte eigentlich vorgehabt, bloß Bio zu schwänzen und dann zur zweiten Stunde zu gehen. Aber so konnte ich mich nirgendwo blicken lassen. Also beschloss ich zu Hause zu bleiben.

Ich frühstückte und saß eine Weile rum.

Irgendwie war in meinem Hirn alles grau und verschwommen. Ständig sah ich zur Konsole. Nein, sagte ich mir dann, du lässt das Ding aus, machst eine Pause.

Bis Mittag blieb ich standhaft, schleppte mich so dahin. Aber dann zockte ich doch weiter. Schadet ja nicht, sagte ich mir, wusste aber irgendwo in einem Winkel meines Gehirns, dass es mir nicht guttat. Egal, es machte Spaß.

Und dann kam mir zum ersten Mal die Idee, ich könnte Profi-Gamer werden. E-Sport, das war es! Dafür musste ich natürlich spielen, spielen, spielen. Üben, üben, üben. Besser werden. Sonst brauchte man da gar nicht erst antreten.

Es gab richtige Stars in der Szene. Die verdienten Millionen nur mit Zocken. Die gaben Autogramme, und wenn sie live spielten, sahen ihnen Millionen Leute zu. Das waren auch keine Loser, ganz im Gegenteil. Das waren Profis. Die spielten in einer Liga gegeneinander. Es gab richtige Weltmeisterschaften. Das war wie beim Schachspielen. Es ging um Taktik, um Gehirn.

Als Profi-Gamer musste man fit sein, schnell sein. Wahrscheinlich verspürte ich deshalb auch diesen Sog beim Spielen. Das war Talent, das gelang nicht jedem.

Ich fühlte mich gleich besser, während ich über all das nachdachte.

Klar, die Schule musste ich natürlich abschließen. Schon allein weil meine Mutter alles andere nicht mitgemacht hätte. Aber Zeugnisse waren nicht wichtig. Für einen Gamer war es egal, welchen Notendurchschnitt er hatte.

Erst als ich den Schlüssel im Schloss hörte, fiel mir auf, dass ich mindestens sechs Stunden gespielt hatte. Vielleicht nach dem Abendessen noch ein bisschen, dachte ich und schaltete auf Pause.

„Hast du was gekocht?", fragte meine Mutter und sah enttäuscht aus, als ich verneinte. „Na gut, ich mach uns schnell was." Sie verschwand in der Küche.

Ich hatte ein schlechtes Gewissen. Andererseits hatte ich ja nichts Schlimmes getan. Ganz im Gegenteil. Ich arbeitete an meiner Karriere.

Aber da mir klar war, wie meine Mutter darauf reagieren würde, hielt ich beim Essen den Mund. Ich müsste erst noch besser werden und an ein paar kleineren Wettbewerben teilnehmen. Dann konnte ich ihr die Urkunden, die Pokale, das Preisgeld zeigen. Dann würde sie es kapieren.

5

Am nächsten Morgen fühlte ich mich, als hätte ich irgendwas Ekliges gemacht. Stundenlang auf Pornoseiten gesurft oder so. Ich hatte wieder bis drei Uhr morgens gespielt und jetzt war mein Gehirn wie leer gewischt. Irgendwie abartig.

Wenn man sich als Profi-Gamer jedes Mal so fühlte, war das vielleicht doch nichts für mich.

Kurz überlegte ich, noch mal zu schwänzen und mich auszuschlafen. Aber abends wollte ich ja mit Helen zu dem Konzert. Wenn mich da jemand sah, wäre das unangenehm.

Auf dem Weg zur Haltestelle war ich trotzdem kurz davor, umzukehren. Ich war so fertig. Und die erste Stunde hatte ich eh schon verpasst. Doch in diesem Augenblick kam der Bus um die Ecke.

Während der Fahrt schrieb ich eine Entschuldigung für den Vortag. Dafür fälschte ich die Unterschrift meiner Mutter. Gelernt hatte ich das mithilfe ein paar alter Briefe, die sie mir ins Ferienlager geschickt hatte. Erst hatte ich ihre Unterschrift abgepaust, dann frei geschrieben. Ich war gar nicht so übel. Sollte es bei mir nicht zum Gamer reichen, könnte ich ja vielleicht Fälscher werden.

Johnny English würde jedenfalls nichts merken, so verstrahlt, wie der war.

Ich schrieb, dass ich Fieber gehabt hätte. Das passte auch zu meinem Aussehen.

Wenig später saß ich müde im Klassenzimmer und versuchte Johnny Englishs Worten zu folgen. Aber alles klang so weit weg, so fremd, so kalt. Wie der Weltraum. Unerreichbar in meinem Zustand. Und ich wollte da auch gar nicht hin.

Wenigstens ließ Johnny mich in Ruhe. Nachdem ich ihm meine Entschuldigung gegeben hatte, hatte er mich mitleidig angesehen und auf meinen Platz geschickt. Da hockte ich jetzt wie ein Zombie, der stumpf auf die nächste Lieferung Fleisch wartet.

In der kleinen Pause passte Cem mich ab. „Alter, wie siehst du bloß immer aus in den letzten Tagen?" Er zwinkerte mir zu. „Ich hab dir was mitgebracht. Lass uns mal aufs Klo gehen."

Wir schlossen uns in einer Kabine ein, dann gab er mir ein Papier, das wie ein Brief gefaltet war. Darin lagen drei orangefarbene Pillen.

„Ist das was Illegales?" Damit wollte ich nichts zu tun haben.

„Quatsch", gab Cem zurück. „Das ist Adderal. Das gibt's im Internet."

Ich sah ihn verständnislos an.

„Die Wunderpille, Alter. Auch Special A genannt. Macht wach und fit."

„Was ist da drin?", wollte ich wissen.

„Egal. Das muss dich nicht interessieren. Das Zeug ist smart, echt. Macht auch nicht abhängig. Und du brauchst nicht viel davon. Eine halbe Pille, wenn du vorhast länger zu zocken. Ansonsten reicht auch ein Viertel."

Ich war drauf und dran, ihm den Umschlag zurückzugeben. Doch Cem ließ nicht locker.

„Das schlucken die ganzen Gamer bei Turnieren und so. Das nimmt echt jeder." Er grinste. „Ich übrigens auch. Und guck mich an. Bin ich ein Drogenwrack?"

Jetzt grinste ich ebenfalls. Na gut, ich würde es mal ausprobieren.

Wir gaben uns die Hand und gingen zu Mathe.

In der großen Pause traf ich Helen.

„Hast du die Nacht durchgemacht?" Das war jetzt schon der zweite Kommentar zu meinem Aussehen.

„Nee, ich bin nur etwas angeschlagen", erwiderte ich. „Deshalb war ich gestern auch zu Hause."

„Meinst du, das klappt heute Abend?", fragte Helen besorgt. „Du siehst echt fertig aus."

„Ich werde mich nachher ein bisschen hinlegen, dann bin ich fit. Mir geht es schon viel besser seit gestern."

Helen sah mich zweifelnd an.

„Echt, gestern hättest du wahrscheinlich den Bestatter gerufen. Im Vergleich dazu bin ich heute das blühende Leben", witzelte ich.

„Okay, aber wenn du dich nicht gut fühlst, sag Bescheid. Ich kann die Karte jemand anderem geben."

„Nein, nein", wehrte ich ab. „Ich stehe um sieben vor deiner Tür."

„Ich freu mich." Sie lächelte mich an.

Ich freute mich auch. Es war schön, mal etwas anderes zu machen, als zu Hause zu hocken. Ich war ewig nicht auf einem Konzert gewesen.

Früher hatte ich viel mehr Verabredungen

gehabt. Es hatte zwei, drei Kumpels gegeben, mit denen ich mich regelmäßig traf. Ich hatte sogar Fußball im Verein gespielt. Aber dann hatte ich keine Lust mehr. Zweimal die Woche zum Training, jeden Sonntag zum Punktspiel. Öde!

Mit den Kumpels ließ das dann prompt nach. Wir kannten uns ja vor allem vom Fußball. Wir kickten zusammen, wir zockten Fifa, wir sahen Sportschau. Kaum war das weg, hatten wir keine gemeinsamen Themen mehr. Außerdem fingen sie an sich Gedanken um ihre Frisuren zu machen und wie sie auf andere wirkten. Vor allem auf die Mädchen.

Wir sahen uns immer weniger. Dann stand ich plötzlich allein da. Was nicht allzu schlimm war, ich hatte mich schon immer beschäftigen können. Lag vielleicht daran, dass ich ein Einzelkind bin.

Aber auf Dauer allein abhängen ist auch nicht so toll.

Ich ahnte zwar, dass Helens Musik nicht unbedingt meine war, aber darum ging es nicht. Ich würde etwas machen, das Jugendliche in meinem Alter eben so machten: ausgehen.

6

Zu Hause in meinem Zimmer sah ich immer wieder zur Konsole.

„Nein, heute kriegst du mich nicht", sagte ich laut und musste lachen, weil es so albern war.

Dann stand ich da und wusste nicht, was ich tun sollte.

Ich legte mich aufs Bett, konnte aber nicht schlafen. Immer wieder wanderte mein Blick zur Konsole. Ich drehte mich an die Wand, aber das brachte auch nichts. Ich wusste ja, dass sie da war und nur darauf wartete, eingeschaltet zu werden.

Also verzog ich mich ins Wohnzimmer auf die Couch. Eine dicke Wand zwischen mir und der Konsole, so lag ich da und starrte an die Decke. Schlafen konnte ich auch hier nicht.

Ich stand wieder auf, tigerte durch die Wohnung. Ich machte Musik an, machte sie wieder aus. Schaltete den Fernseher ein, schaltete ihn wieder aus. Zog mir ein frisches T-Shirt an. Dann fand ich das für den Abend mit Helen unpassend und zog ein anderes an.

Ich hockte mich vor mein Bücherregal und ließ den Blick über die Titel schweifen. Ich hatte, außer für die Schule, länger nichts mehr gelesen. Und das merkte man dem Regal an. Da standen nur Bücher für Elf-, Zwölfjährige. Ich gab auf. Lesen war eh nicht so mein Ding.

Ich machte mir einen Kakao und saß in der Küche. Ich versuchte mich sogar an einem Kreuzworträtsel, legte es aber schnell wieder weg.

Mann, was war schon dabei, wenn ich ein bisschen spielte? Nur ein, zwei Stunden. Um sieben war ich ja sowieso verabredet.

Mit diesem Gedanken beruhigte ich mich und schaltete die Konsole ein. Schon als ich die vertrauten Töne hörte, den Vorspann sah, empfand ich eine totale Vorfreude. Alles kribbelte, als würden Ameisen ein Wettrennen unter meiner Haut veranstalten. Aber es war nicht unangenehm – ganz im Gegenteil.

Das Spiel lief super. Ich wurde immer sicherer, bewegte mich immer geschickter durch die Landschaften, durch die Tunnelanlagen, durch die Bunker. Klar würde ich Profi werden. Ich war einfach dafür geboren.

Irgendwann kam meine Mutter nach Hause.

„Das war ja klar", sagte sie beim Blick in mein Zimmer nur. Dann verschwand sie wieder im Flur.

„Wie spät ist es?", rief ich.

„Viertel vor sechs!"

Oh, ich war zu tief ins Spiel versunken gewesen und hatte nicht auf die Zeit geachtet. Aber ich musste zum Glück erst gegen halb sieben los.

„Ich habe uns was zu essen mitgebracht", rief meine Mutter jetzt. „Mach mal Pause."

Ich stoppte widerwillig und ging in die Küche, wo sie schon dabei war, das Essen auf zwei Teller zu verteilen. Indisch! Das mochte ich, aber gerade war ich nicht besonders hungrig. Und ich wollte unbedingt noch ein paar Minuten zocken, bevor ich mich auf den Weg machte.

Schnell setzte ich mich hin.

„Na, was war heute so los?", fragte Ma nach einer Weile. Es klang, als würde sie meine Antwort nicht besonders interessieren.

Aber ich durchschaute sie sofort. Das war eine Taktik, um mit mir ins Gespräch zu kommen. Es sollte nur nicht den Eindruck erwecken, sie wolle mich kontrollieren.

Um ihr nicht zu zeigen, dass ich Bescheid

wusste, plapperte ich drauflos. „Ach, heute war es okay. Schule läuft momentan echt gut."

Das stimmte nicht hundertprozentig, denn da war der verhauene Englisch-Test. Aber ich musste meiner Mutter ja nicht alles auf die Nase binden. Sie würde sich nur unnötig Sorgen machen. Außerdem war das ein Ausrutscher gewesen. Auf die Deutsch-Arbeit nächste Woche würde ich mich besser vorbereiten.

„Ich gehe nachher mit einer Schulfreundin auf ein Konzert", redete ich weiter.

Mas Freude darüber war echt. „Kenne ich sie?"

Ich erklärte, dass Helen in die Parallelklasse ging und erst seit diesem Jahr an unserer Schule war. Beinahe hätte ich Ma auch von meiner Idee mit der Profi-Gamer-Karriere erzählt. Aber dafür war es noch zu früh.

„Na dann, viel Spaß", sagte sie, während sie die Teller wegräumte. „Aber spätestens um elf bist du zu Hause. Und morgen erzählst du mir, wie es war. Ich muss jetzt los. Ich bin mit Thea zum Yoga verabredet. Und du weißt ja, wie die ist, wenn man zu spät kommt."

Während sie sich ihre Sachen schnappte, ging ich zurück in mein Zimmer.

Der Bildschirm blinkte mich herausfordernd an. Er schien zu rufen: *Hey, du Lusche! Ich warte hier auf dich, während du in der Küche rumquatschst. Wir haben eine Mission zu erfüllen.*

Eigentlich musste ich mich ja auch bald auf den Weg machen. Aber mit dem Rad bräuchte ich nur eine Viertelstunde zu Helen. Da konnte ich die gewonnene Zeit ruhig verzocken — zwanzig Minuten, höchstens dreißig.

7

Kaum hatte ich mich hingesetzt, merkte ich, dass ich eigentlich ziemlich müde war. Keine gute Voraussetzung zum Spielen. Oder für mein Treffen mit Helen.

Dann fiel mir Cems Briefchen ein. Ich schüttete die Pillen auf den Tisch, wo sie, vom Bildschirm angeleuchtet, regelrecht strahlten. Cem hatte gesagt, eine viertel Tablette wäre okay. Also zerteilte ich eine, schluckte ein Viertel und fing an zu spielen.

Zuerst merkte ich nichts, doch als ich in der Waffenkammer meine HK MP5 gegen eine KBAR-32 tauschte, ging es los.

Es war unbeschreiblich. Als ob meine Gehirnzellen *HALLO!* sagen würden. Ich war schlagartig wach. So fit hatte ich mich lange nicht gefühlt. Ich reagierte auch schneller, bewegte mich wie ein Schatten durch das Spiel. Wie ein tödlicher Schatten. Ich tanzte regelrecht. Nicht nur meine Spielfigur, auch ich selbst. Zumindest in meinem Kopf.

Das Spiel wurde lebendig.

Als ich das nächste Mal auf die Uhr sah, war es halb acht.

Verdammt, verdammt, verdammt! Helen war jetzt bestimmt nicht mehr zu Hause. Sie hatte gesagt, wir müssten pünktlich los. Das Konzert begann um acht.

Na gut, wenn ich mich beeilte, konnte ich es gerade so schaffen. Ich fuhr die Konsole runter, prüfte im Spiegel im Flur mein Aussehen und schnappte mir das Rad.

Ich raste, hatte das Gefühl zu fliegen. Meine Beine schienen mit den Pedalen verwachsen zu sein. Die Fahrt machte Riesenspaß und es war fast wie in einem meiner Spiele. Ich formte mit den Fingern eine Pistole und ballerte ein paar Zombies weg. Es waren zwar nur Straßenlaternen, aber wennschon.

Seltsamerweise brauchte ich trotzdem fast eine Stunde, viel länger als gedacht. Mein Zeitgefühl war wohl ziemlich verdreht. Vor dem Eingang standen jedenfalls keine Leute mehr.

An der Kasse saß ein mürrisches Mädchen.

„Hallo", sagte ich, doch sie erwiderte meinen Gruß nicht. „Haben die schon angefangen?"

Sie nickte mit dem Kopf nach hinten zur

Wand, von wo ein dumpfes Wummern kam. „Wonach hört sich das denn an?"

„Als ob sie schon angefangen haben", antwortete ich. Ich hatte keine Lust auf ihre Spielchen. „Kriege ich noch eine Karte?"

Sie lachte gekünstelt, als hätte ich einen Witz gemacht. „Ist seit Wochen ausverkauft."

Daran hatte ich gar nicht gedacht. Was jetzt? Ich wollte doch zu Helen.

Im nächsten Moment schüttelte ich den Kopf. Alles kein Problem. Ich spürte das Adderal meine Nervenbahnen entlangflitzen. Ich fühlte mich unbesiegbar und unwiderstehlich.

Darum fragte ich mit zuckersüßer Stimme: „Es gibt doch bestimmt eine Möglichkeit, noch reinzukommen, oder? Du kannst da doch was machen? Ich bin mit einem Mädchen verabredet. Sie wartet auf mich."

Ich zwinkerte ihr zu, aber sie reagierte nicht. Das war wirklich eine harte Nuss, doch ich würde sie schon knacken.

„Ich bin leider etwas spät, hab für eine Klausur gelernt. Und dann musste ich für meine Mutter noch was im Keller suchen, dabei ist ein Regal umgefallen. Die ganzen Einmachgläser sind zerdeppert." Ich kam mir vor wie ein

Anwalt, der im Gericht eine tolle Rede hält. Vielleicht war das ja der passende Beruf für mich.

Erwartungsvoll sah ich sie an. Ich war mir sicher, dass ich sie weichgekocht hatte.

Aber sie sagte nur: „Auf was bist du denn drauf? Du hibbelst hier mit glänzenden Augen rum, redest in einem irrsinnigen Tempo, schwitzt. Ich lasse keine Drogentypen rein."

Ich glaubte mich verhört zu haben. „Ich bin kein Drogentyp. Ich nehme so was nicht."

Plötzlich erhellte von rechts ein blauer Blitz mein Gesichtsfeld und ich wirbelte herum. Doch ich konnte nichts entdecken.

„Was war das?", rief ich erschrocken.

„Was war was?", fragte sie zurück.

„Das Licht."

Sie sah mich prüfend an. „Soso, du nimmst also keine Drogen …"

Ich schluckte. Dieser komische blaue Blitz war wohl tatsächlich in meinem Kopf losgegangen. Egal, jetzt fing ich an zu betteln. „Ich muss da rein. Helen wartet auf mich."

„Helen?", wiederholte sie. „Du bist doch nicht etwa Tim?"

„Bin ich."

„Sag das doch gleich. Helen hat deine Karte

hinterlegt." Sie reichte mir die Karte, hielt sie aber fest, als ich danach griff. „Eigentlich dürfte ich dich trotzdem nicht reinlassen, so wie du drauf bist."

„Ich benehme mich", versicherte ich ihr.

„Die arme Helen", hörte ich sie noch murmeln, als ich davonstürmte.

8

Als ich den Saal betrat, hätte ich am liebsten
sofort wieder umgedreht.

Alles war zu viel. Die Scheinwerfer auf der
Bühne tanzten vor meinen Augen, das Licht
flimmerte. Die Musik stach in meine Ohren. Es
hörte sich an, als benutzte die Band
Betonmischer und Presslufthämmer als
Instrumente. RATTERRATTER!
STAMPFSTAMPF! KLONKKLONK!

Und vor der Bühne nur Köpfe, die auf und ab
wippten. Wie sollte ich da Helen finden?

Ich lehnte mich an die Wand neben dem
Eingang und wartete darauf, dass sich etwas tat.
Dass sich das Meer der wogenden Köpfe teilte
und Helen auftauchte. Passierte aber nicht.

Endlich gab es eine Pause und die Leute
strömten raus. Ich blieb einfach stehen, Helen
musste ja an mir vorbeikommen. Tat sie aber
nicht.

Erst nachdem der Saal sich bis zur Hälfte
geleert hatte, entdeckte ich sie. Sie stand bei der

Bühne und unterhielt sich mit einem der Musiker.

Ich ging zu den beiden nach vorn.

„Hallo, Helen", sagte ich, worauf sie sich umdrehte, „Ah, hallo", sagte und sich dann wieder dem Typen zuwandte. Ich kannte den Kerl, wusste aber nicht, woher.

Er sah aus wie ein Trottel. Allein schon diese Haartolle, die ihm dauernd ins Gesicht fiel. Wie ein notgeiler Wischmopp. Stand Helen etwa auf den? Warum hatte sie sich dann mit mir verabredet?

Am liebsten wäre ich abgehauen, aber ich kam mir sowieso schon blöd vor. Und sie konnte schließlich reden, mit wem sie wollte. Wir waren ja nicht zusammen.

Außerdem fühlte ich mich plötzlich, als würde ich in Sirup feststecken. Jede Bewegung dauerte extrem lang. Wahrscheinlich hätte ich Ewigkeiten bis zum Ausgang gebraucht. Dazu diese komischen blauen Blitze, die immer mal wieder aufflashten. Seltsamerweise waren meine Gedanken aber total klar. Ich verstand alles, hatte für alles Verständnis.

Nach einer gefühlten Ewigkeit drehte Helen sich zu mir um. „Schön, dass du es noch geschafft hast." Ich war mir nicht sicher, ob das ironisch gemeint war.

Sie stellte den Trottel vor.

Er hieß Hannes und ging anscheinend auf unsere Schule. Wir nickten uns zu und wussten beide sofort, dass wir uns nicht ausstehen konnten.

„Und du bist in der Band? Ist ja toll", sagte ich ohne echtes Interesse.

„Ja, finde ich auch", antwortete er selbstbewusst. Allein für diesen Satz hasste ich ihn. Und es wurde noch schlimmer.

„Ich bin der Tastenficker", sagte er gewichtig, als würde er eine tiefe Wahrheit verkünden. Dabei passte dieses grobe Wort gar nicht zu ihm. Er sah wie ein braver Junge aus.

Helen verzog das Gesicht. Sie fand das Wort auch unpassend und das freute mich.

Hannes bekam nichts davon mit. Er machte zwar einen auf sensiblen Künstler, war aber nur ein Idiot.

Dann standen wir alle drei da und schwiegen. Ich hätte Helen gern erklärt, warum ich zu spät war, aber nicht vor diesem Hannes. Merkte der gar nicht, dass er störte? Aber wahrscheinlich dachte er dasselbe über mich.

Zum Glück war die Pause bald vorbei und die Band versammelte sich wieder auf der Bühne. Ich blieb neben Helen stehen. Während sie konzentriert dem Lärm lauschte, beobachtete ich Hannes, der an seiner Orgel herumhampelte. Hin und wieder bog er den Oberkörper nach hinten, als würde ihm gleich einer abgehen.

Was für ein Poser! Sah Helen das nicht? Obwohl, vielleicht fand sie Hannes ja richtig gut. Immerhin spielte er in einer Band. Ich spielte nur an der Konsole. Aber dafür würde ich bald eine ganze Menge Geld damit verdienen.

Ich schaute sie von der Seite an. Irgendwie passten die beiden ja zusammen. Beide mochten Musik, beide … Mehr fiel mir nicht ein.

Helen bemerkte meinen Blick und drehte sich kurz zu mir, wobei ein winziges Lächeln über ihre Lippen huschte. Dann sah sie wieder zur Bühne. Der Typ war ihr eindeutig wichtiger.

Ohne lange darüber nachzudenken, beugte ich mich zu ihr. „Ich muss jetzt gehen.“

Sie hob erstaunt die Augenbrauen, nickte aber nur.

„Bis morgen!“ Ich winkte ihr zu. Doch sie starrte bereits wieder zur Bühne.

Auf dem Weg zu meinem Fahrrad trat ich gegen ein Auto. Oh Shit, hatte ich das verbockt! So was von. Helen würde nie mehr mit mir reden. Mann, war ich peinlich. Voll der Spacken.

Genervt radelte ich nach Hause, was wieder ewig dauerte.

Als ich schließlich komplett durchgeschwitzt ankam, war Ma glücklicherweise noch nicht da.

Unruhig rannte ich in meinem Zimmer auf und ab. Dieses verdammte Adderal! Ich konnte einfach nicht stillsitzen, meine Gedanken rasten im Kreis. Ich dachte immer wieder an Helen und wie ich unsere Verabredung gesprengt hatte. Ich musste mich unbedingt bei ihr entschuldigen.

Endlich blieb mein Blick an der Konsole hängen. Mir wurde klar, dass es mich schon die ganze Zeit dorthin gezogen hatte.

Eine Sekunde später fuhr das Spiel hoch und kurz darauf war ich drin.

Aber es dauerte nicht lange, bevor ich eine Kugel abkriegte und starb. Mein zweiter Versuch war auch nicht besser: Ich fiel von einer Klippe.

Ich gab auf. Die verdammten Pillen! So was würde ich nie wieder nehmen. Ich brauchte das nicht. Ich spielte lieber nüchtern. Dann hatte ich wenigstens alles unter Kontrolle.

9

Am nächsten Morgen fühlte ich mich beschissen wie noch nie. Ein weiterer Grund, die Pillen nicht mehr zu nehmen. Ich hatte total miese Laune, war gleichzeitig todtraurig. Alles kam mir grau und sinnlos vor. Und ich war müde, weil ich dann doch wieder bis drei Uhr gezockt hatte.

Ich schleppte mich in die Schule, wo ich nur vor mich hin dämmerte. Selbst als Johnny English mich direkt ansprach, reagierte ich erst beim dritten Mal.

„Vielleicht solltest du lieber nach Hause gehen", schlug er vor. Das nahm ich dankbar an. „Aber denk an die Deutsch-Arbeit morgen", rief er mir hinterher.

Zu Hause beschloss ich mich zwei Stunden hinzulegen und dann Deutsch zu lernen. Und abends würde ich Helen anrufen und mich entschuldigen. Aber erst wollte ich etwas essen. Schließlich hatte ich nicht mal gefrühstückt.

Kaum stand ich in der Küche und schmierte

mir ein Brot, verließ mich jedoch der Appetit.
Dann eben später.

Als ich mich ins Bett legte, fiel mein Blick
auf die Konsole. „Heute nicht", sagte ich laut.
„Heute mal nicht."

Ich schlief tief und traumlos und erwachte,
noch bevor der Handy-Wecker klingelte. Jetzt
hatte ich tatsächlich ein bisschen Hunger.

Während ich eine Banane verschlang, sah ich
meinen Deutsch-Ordner durch.

*Wie schreibt man eine Bewerbung? Wie schreibt
man einen Lebenslauf?* Mit so was mussten wir uns
rumschlagen.

Dabei wussten die wenigsten, was sie mal
machen wollten.

Klar, Geld verdienen, teures Handy, Marken-
Klamotten. Das wollten alle. Aber wie genau das
mit dem Geldverdienen funktionierte, wusste
keiner. Nicht mal unsere Lehrer. Die meisten von
denen fuhren kleine Autos, hatten alte Handys
und trugen langweilige Schlabberkleidung.

Gut, ich wusste, was ich wollte. Zocken! Der
Beste werden. Aber das wurde ich nicht, indem
ich einen Lebenslauf verfasste. Was sollte ich da
auch reinschreiben? Geburt, Kindergarten,
Schule. Mehr war ja nicht.

Interessen? Computerspiele. Vor allem *Call of the Force*. Das wollten die Leute in den Unternehmen aber bestimmt nicht wissen. Die wollten gute Noten. Brauchte ich aber nicht als Profispieler. Also brauchte ich auch keine Bewerbungen.

Mit diesen Gedanken hockte ich mich an die Konsole und legte los.

Als meine Mutter nach Hause kam, hatte ich ein weiteres Level geschafft und war knapp davor, das nächste zu knacken.

Sie schaute ins Zimmer. „Na, wie läuft's?"

„Hab alles im Griff", sagte ich, woraufhin sie in der Küche verschwand.

Ihr missbilligender Blick auf die Konsole war mir nicht entgangen, aber sie hatte nichts gesagt. Ihre neue Strategie wahrscheinlich. Vielleicht hoffte sie, dass ich dann von allein aufhören würde. Mich mehr um die Schule kümmerte.

Vielleicht hatte sie mich aber auch aufgegeben.

Egal, ich würde ihr schon zeigen, was in mir steckte. Ich war kein Loser.

Nach dem Essen rief ich Helen an. „Äh, ich wollte mich entschuldigen."

„Wofür?", fragte sie.

Mist, sie wusste doch genau, wofür. „Na ja, wegen gestern."

Helen schwieg. Die Frau machte es mir nicht leicht.

„Ich glaube, ich hatte Fieber", redete ich weiter und hoffte auf etwas Mitgefühl. Umsonst.

„Du warst doch auf irgendwas drauf. Das hat Tessa auch gesagt."

„Die von der Kasse? Na, die muss es ja wissen", gab ich zurück. „Die war ja selber ziemlich schräg."

„Darum geht es doch jetzt gar nicht. Lenk nicht ab."

Verdammt, das Gespräch nahm keine gute Richtung. Warum konnte ich nicht einfach zugeben, dass ich einen Fehler gemacht hatte? „Ich wollte mich einfach nur bei dir entschuldigen."

„Dann erzähl mir nichts von Fieber. Ich werde nicht gern verarscht."

„Mache ich nicht. Ich hatte echt Fieber." Ich konnte förmlich sehen, wie sie die Augen verdrehte. „Nimmst du meine Entschuldigung jetzt an?"

Stille.

„Komm schon! Nächstes Mal bin ich voll da."

„Okay", sagte sie endlich.

Wir redeten noch ein bisschen, aber irgendwie kam keine richtige Vertrautheit mehr auf. Als ob zwei Fremde so taten, als wären sie Freunde.

Wir legten auf und ich ärgerte mich über mich selbst. Aber auch über Helen. Wenn sie mich nicht verstehen wollte, konnte ich ihr auch nicht helfen. Und wenn ihr Kumpel-Getue nur Fassade war, konnte ich locker auf sie verzichten. Ich brauchte Helen nicht. Ich brauchte niemanden.

Mit diesen Gedanken setzte ich mich zum Abendbrot.

„Und, wie war's gestern?" Meine Mutter tat wieder so, als würde sie nur ganz nebenbei fragen. „Du warst doch mit diesem Mädchen unterwegs."

„Na und?"

„Magst du sie? Ich meine ..."

Ich wurde wütend. „Nur weil ich mit einem Mädchen was unternehme, muss ich sie nicht gleich heiraten, oder?"

„Natürlich nicht." Ma klang jetzt vorsichtig. „Ich mache mir einfach nur Sorgen. Wenn ich nach Hause komme, sitzt du an der Konsole und spielst. Wenn ich ins Bett gehe, sitzt du immer noch da. Du hast überhaupt keine Freunde mehr und du …"

„Ich hab doch dich", sagte ich so ätzend wie möglich. „Ich brauche niemand anderen."

Ich räumte meinen Teller ab und ging in mein Zimmer.

Da saß ich dann und hätte am liebsten was kaputt gemacht. Eigentlich wollte ich die Konsole nicht anrühren. Wirklich. Aber dann dachte ich, dass mich das Spielen runterbringen, mich entspannen würde.

Ich schrieb Josh und Cem an und wir verabredeten uns zum Zocken.

Dann klopfte es zaghaft und meine Mutter fragte: „Kann ich mit dir reden?"

„Kurz", sagte ich. „Ich bin in acht Minuten verabredet."

Ihre Miene hellte sich auf. „Ach, mit wem denn?"

„Mit zwei Kumpels."

„Und was unternehmt ihr?"

Ich zeigte auf die Konsole, woraufhin ihre Mundwinkel nach unten sackten. Das machte mich wieder wütend.

„Du hast doch selber kaum Freunde", warf ich ihr vor. „Nur diese Thea, über die du dich dauernd beschwerst. Und du rennst ständig zum Yoga, als wär das deine neue Religion."

Meine Mutter sah mich entsetzt an. Anscheinend hatte ich einen wunden Punkt getroffen.

„Mach nicht so lange", sagte sie eisig und knallte die Tür hinter sich zu.

Leck mich doch, dachte ich und gab Cem und Josh einen virtuellen Check. Wir spielten zusammen bis ein Uhr, dann machte ich noch bis halb vier allein weiter.

In dieser Nacht träumte ich, dass ich mit einer riesigen Kanone, aus der blaue Blitze schossen, auf meine Mutter feuerte. Helen kam auch irgendwie vor.

10

Ich erwachte kurz nach der großen Pause. Dann kam ich eben erst zur vierten Stunde. Ich würde eh bei der ersten Gelegenheit von der Schule abgehen.

Auf dem Küchentisch lag ein Brief von Ma:

Lieber Tim,

ich mache mir ernsthaft Sorgen. Manchmal erkenne ich dich kaum wieder. Du verbringst zu viel Zeit an deiner Spielkonsole.

Ich weiß, dass das Großwerden schwierig ist. Aber man muss sich seinen Problemen stellen, das gehört zum Erwachsenwerden dazu. Und leider meckern die Erwachsenen dauernd an einem rum. Glaub mir, ich habe das auch alles erlebt. Aber ich war doch froh, wenn ich jemanden um Rat fragen konnte oder wenn mir ein Erwachsener geholfen hat.

Ich möchte, dass du weißt, dass ich immer für dich da bin. Du kannst mit all deinen Sorgen zu mir kommen. Ich werde dich nicht verurteilen.

Deine Ma

Was für Sorgen? Was meinte sie? Ja, ich war nicht der Beste in der Schule, aber auch nicht der Schlechteste. Na gut, in letzter Zeit hatte ich öfter geschwänzt. Aber das war so weit okay.

Und das Computerspielen? Das machte einen nicht dümmer. Im Gegenteil. Zocken schärfte das Reaktionsvermögen, die Ausdauer, es machte einen klüger. Das war wissenschaftlich erwiesen.

Und man lernte Verantwortung zu übernehmen. Verantwortung für seine Figur, für die virtuelle Welt. Das war doch gut. Nur weil ich zurzeit viel zockte, hieß das noch lange nicht, dass ich es nicht im Griff hatte.

Ich legte mich in die Badewanne. Im heißen Wasser konnte ich mich immer gut entspannen.

Vielleicht hatte meine Mutter ja recht. Ein bisschen zumindest. Ich verbrachte schon viel Zeit an der Konsole.

Ein paar Sachen könnte ich ja ändern. Ausreichend schlafen war nicht verkehrt. Zur Schule gehen, Hausaufgaben machen, Obst und Gemüse essen. Und etwas freundlicher zu meiner Mutter und anderen Menschen sein.

Ich würde Helen zeigen, dass ich verlässlich war. Und ich würde diese Scheißpillen nicht mehr anfassen.

Nach der Wanne machte ich mir eine Tiefkühlpizza warm und ging damit ins Zimmer. Da saß ich dann, kaute und hing weiter meinen Gedanken nach. Irgendwann wurde mir klar, dass ich auf den dunklen Bildschirm starrte. Selbst wenn er aus war, zog er mich an.

Ein paar Minuten hatte ich noch. Das reichte, um ein wenig zu zocken.

Ich schloss mit mir selber einen Deal ab: Wenn ich jetzt spielte, würde ich mich später in Bio mindestens zweimal melden. Sozusagen als Bezahlung fürs Zocken.

Irgendwie vergaß ich die Zeit. Das hatte mit dem verdammten Sog zu tun, der mich wieder tiefer und tiefer ins Spiel zog. Ein bisschen erschreckte mich das, aber eigentlich war ja nichts Schlechtes an diesem Sog.

Ich blendete meine Umwelt eben aus und konzentrierte mich ganz auf das Spiel. Manche Leute würden mich darum beneiden. Die setzten sich an die Konsole und hatten dabei im Hinterkopf, dass sie noch Englisch machen müssten. Oder den Geschirrspüler ausräumen. Ich dagegen wurde Teil des Spiels. Deswegen war ich auch so gut. Genau das machte einen richtigen Gamer aus.

Als ich eine Pinkelpause einlegte, fiel mir auf, dass es zu spät war, um noch in die Schule zu gehen. Egal. Allerdings brauchte ich jetzt eine gute Entschuldigung. Die anderen Lehrer hatten sich schon bei Johnny English beschwert, weil ich so oft fehlte oder zu spät kam.

Bislang war das in Ordnung gewesen. Aber selbst Lehrer ließen sich nicht ewig verarschen.

Ich schrieb einen kurzen Brief, in dem stand, dass ich eine Magenverstimmung gehabt hätte. Das passte immer. Der Schulstress schlug vielen auf den Magen. Andauernd war jemand aus der Klasse krank.

Ich druckte das Ganze aus und fälschte die Unterschrift meiner Mutter.

Zufrieden setzte ich mich wieder an die Konsole. Doch dann zögerte ich. Was war mit meinem Plan, den ich in der Badewanne entworfen hatte?

Ach was, ich würde eben ab dem nächsten Tag damit durchstarten. Ein Tag mehr oder weniger, darauf kam es nicht an. Ich war jung, das Leben lag vor mir und ich hatte jede Menge Zeit.

Und das Schlimmste, was mir passieren könnte, wäre ein Stromausfall.

11

Als meine Ma nach Hause kam, fragte sie nach dem Essen. Ich war heute damit dran gewesen.

„Mach dir doch ein Brot", schnauzte ich sie genervt an. Ich steckte gerade im Unterwasser-Labyrinth und versuchte diese grünen Wesen mit den Reißzähnen aufzuspüren – und da kam sie mir mit Essen.

Ma verschwand wortlos. Wenigstens hatte sie nicht mit der Tür geknallt, wie so oft, wenn sie überfordert war. Vielleicht machte sie dieser Yoga-Kram ja doch ein bisschen ruhiger.

Ich warf mehrere Scan-Bomben ins Labyrinth und wartete ab. So eine Bombe überprüfte das Gelände und tötete jeden, der da nicht hingehörte. Ich hatte lange gebraucht, um diese Teile zu bauen. Das war ziemlich knifflig. Man konnte sie erst herstellen, wenn man sich blauen Kobalt auf Dalos IV besorgt hatte.

Darauf musste man erst mal kommen. Aber ich hatte es geschafft. Und zwar ganz allein, ohne Hilfe von Mitspielern oder Foren oder sonst was.

Das war ziemlich clever, aber meine Mutter oder die Lehrer würden das nie verstehen. Und Noten gab es dafür auch nicht. In ihrer Welt waren solche Fähigkeiten nicht gefragt.

Na wennschon. Ich hatte meine eigene Welt. Und da war ich ziemlich genial.

Meine Mutter nölte in der Küche rum. Wenn sie so drauf war, konnte ich ihr eh nichts recht machen. Den Kopf einziehen und sie ausblenden war dann das Beste.

Also zockte ich weiter.

„Was machst du eigentlich den ganzen Tag?", rief sie plötzlich direkt neben mir.

Ich zuckte zusammen. Ich hatte nicht gemerkt, dass sie reingekommen war.

Sie knallte mir die leere Brottüte auf den Tisch. Ein paar Krümel kullerten raus. „Nicht mal Brot ist da." Oh Mann, war die Frau wütend.

Ich musste mein Spiel unterbrechen. Aber das war okay, weil ich mittlerweile seit neun Stunden vor der Kiste saß.

„Wir haben eine Abmachung in Sachen Einkaufen." Sie fixierte mich. „Du warst dran. Und jetzt erzähl mir nicht, du hattest so viel zu tun."

„Doch, hatte ich", protestierte ich. „Erst die

Schule, dann die ganze Lernerei. Das wird immer schlimmer. Man kommt zu gar nichts anderem mehr." Ich verzog das Gesicht, als würde ich gleich heulen.

Das verunsicherte Ma. Trotzdem machte sie weiter. „Und wieso finde ich dich jetzt am Spielen? Du siehst aus, als hockst du seit Stunden hier. Überhaupt hast du richtige Augenringe. Schläfst du genug?"

Profi-Gamer trainierten bis zu zwölf Stunden am Tag, aber was sollte ich ihr das erzählen? Da konnte man auch in den Wind spucken. War genauso sinnlos.

„Ja, ich schlafe genug", versicherte ich ihr. „Außerdem sitze ich hier gerade mal eine halbe Stunde, um ein bisschen zu entspannen." Ich wunderte mich, wie leicht mir das Lügen fiel, aber meine Mutter forderte das einfach heraus.

„Und zwischendurch konntest du nicht mal schnell einkaufen gehen?", fragte sie jetzt etwas weniger sauer.

„Echt, Ma, ich bin auch im Stress. Du glaubst nicht, was für einen Quatsch man heutzutage wissen muss. Womit die einen so vollstopfen in der Schule. Man muss die ganze Welt kennen. Einfach alles. Das ist nicht wie bei euch früher."

Sie sah mich zweifelnd an. „Andere kriegen das doch auch hin."

„Die fressen ja auch Tabletten", gab ich zurück. „Du müsstest mal die Zombies sehen, die bei uns rumlaufen."

Ich kannte tatsächlich ein paar Leute, die ADS hatten und darum Ritalin und Ähnliches schluckten. Wenn die keine Pillen nahmen, waren das wandelnde Zeitbomben. Aggressiv und hibbelig. Und wenn sie die Pillen einwarfen, schauten sie belämmert. Das war auch nicht schön.

„Ist ja auch egal", sagte Ma kopfschüttelnd. „Es geht doch jetzt hier um uns. Wir müssen sehen, dass wir klarkommen. Aber wenn du dich nicht an Abmachungen hältst, dann haben wir keine Chance."

Ja klar, jetzt kam wieder diese Keule. Wehe, es lief mal nicht so, wie Eltern das wollten. Dann war ihre kleine überschaubare Welt gestört und das konnten sie nicht leiden. Und immer waren die Kinder schuld.

„Tim, wirklich, ich mag das selber nicht, diese ständigen Ermahnungen. Aber mit fünfzehn bist du alt genug, um Verantwortung zu übernehmen. Und dazu gehört eben auch der

Haushalt. Zumindest an den Tagen, an denen du dran bist. Außerdem finde ich, dass du mittlerweile zu alt bist für Strafen."

Strafen? Meine Mutter kannte nur eine Strafe, und das war Hausarrest. Was ich nicht schlimm fand, weil ich nach der Schule eh meist zu Hause saß und spielte.

Ich nickte und machte einen auf schuldbewusst. Dabei wurde ich langsam unruhig. Cem wartete, wir hatten uns wieder zum Zocken verabredet.

„Ich muss mich auf dich verlassen können", sagte sie.

Konnte die Frau nicht zum Ende kommen? Ich war doch nicht blöd, ich hatte schon kapiert, was sie von mir wollte. Das war auch so eine Sache bei Eltern. Die mussten alles drei- oder viermal sagen, als wäre man schwer von Begriff.

„Vielleicht sollten wir einen neuen Haushaltsplan aufstellen."

„Ja, klar", sagte ich, wobei ich dachte: Hau doch endlich ab!

„Wollen wir am Wochenende was zusammen machen?", fragte sie.

Was sollte das denn jetzt? Das war doch auch wieder nur so eine Taktik.

„Mal sehen", sagte ich. „Ich bin eigentlich schon mit Helen verabredet." Das war zwar gelogen, aber das wusste meine Ma ja nicht.

„Dann vielleicht das nächste Wochenende?"

„Ja, vielleicht."

Sie wuschelte mir durch die Haare. „Die könntest du auch mal wieder waschen." Sie rieb mit den Fingerspitzen über ihre Handfläche, als würde da was Ekliges kleben. „Und spiel nicht mehr so lange. Guck dir lieber noch ein paar Vokabeln an. Habt ihr nicht demnächst wieder einen Englisch-Test? Was ist eigentlich mit dem letzten?"

„Noch nicht zurück", sagte ich.

Ich hätte ihr erzählen können, dass man beim Zocken auch Englisch lernte. Die meisten Spiele waren international. Zaubertränke hießen zum Beispiel *Magic Potions*. Knüppel waren *Clubs* und so weiter. Alles englische Vokabeln. Aber ich hatte keine Lust, ihr das zu erklären. Sie sollte endlich verschwinden.

„Na gut, ich lass dich in Ruhe", sagte sie und fügte noch hinzu: „Ich bin froh, dass wir miteinander reden. Dass wir noch einen Draht zueinander haben."

Amen!

12

„Du bist echt zu blöd!" Cem grinste. „Du musst sie einseifen, ihr vormachen, dass sie alles im Griff hat. Das mögen die Alten. Dann kannst du tun, was du willst."

Ich hatte ihm von den Problemen mit meiner Mutter erzählt.

Seit drei Abenden ging sie mir jetzt auf die Nerven. Wir hätten doch ein Vertrauensverhältnis, eine Abmachung und so weiter. Immer dieselbe Predigt. Und ich saß da und nickte und hoffte, dass sie verschwand, damit ich weiterspielen konnte.

„Halt dich einfach an die Absprachen", redete Cem weiter. „Du kaufst ein. Du kochst. Stellst deiner Mutter mal ein Blümchen hin und so was. Ich garantiere dir, die lässt dich in Ruhe."

„Ein Blümchen? Geht's noch?"

Cem lachte. „Ich meine ja nur. Spiel den braven Sohn und alles wird gut." Dann sah er mich prüfend an. „Außerdem solltest du mal duschen, Alter. Du riechst leicht ranzig."

Ja, das war in den letzten Tagen etwas zu kurz gekommen. Wenn ich tagsüber und bis in die Nacht zockte, hatte ich keine Lust, mich zu waschen. Morgens war ich dann meist zu müde.

Diesen Nachmittag würde ich auf jeden Fall duschen. Das nahm ich mir fest vor.

Aber erst mal musste ich den Tag überleben. Das war nicht einfach, wenn man so fertig war.

Ich überlegte, ob ich Cem um ein paar Hallo-Wach-Pillen bitten sollte, aber nach dem letzten Mal war das wohl keine so gute Idee. Außerdem fiel es mir so schon schwer, mich im Unterricht zu konzentrieren. Obwohl da nichts Spannendes passierte.

Geozonen der Erde oder *Ursachen für den Ersten Weltkrieg*. Wer brauchte das? Und wenn, dann konnte man darüber auch in einem Spiel lernen.

Masters of War, zum Beispiel, war ein Spiel zum Ersten Weltkrieg. Da konnte man ein deutscher Soldat sein, der im Stellungskrieg Partisanen-Aktionen durchführte. Oder ein französischer Offizier, der bei den Deutschen spionierte. Oder ein russischer Kanonier …

Perfekt!

In Sport bekam ich den Hintern kaum noch hoch. Ich hatte das Gefühl, meine Muskeln

würden sich in Gummi verwandeln. Darum
täuschte ich Übelkeit vor, wie so oft in den
letzten Tagen. Das klappte ganz gut, weil ich ja
ziemlich blass war.

„Ja, so ist das in der Pubertät", sagte der
Sportlehrer auch heute nur mitleidig.

Die meisten Lehrer reagierten wie er, wenn
ich sagte, ich hätte Bauchschmerzen oder sonst
was. Manche schickten mich ins Krankenzimmer,
wo ich auf einer Liege den Unterricht schwänzte
und in Gedanken mögliche Spielzüge durchging.

Andere waren eher genervt, ließen mich aber
in Ruhe. Wahrscheinlich hatten sie keine Lust
auf Stress. Schließlich mussten sie den Laden
zusammenhalten. Da konnten sie sich nicht mit
jedem Einzelnen beschäftigen.

Nur Johnny English ließ nichts durchgehen.
Er notierte sich säuberlich jedes Zuspätkommen
und rief mich öfter mal im Unterricht auf. Wenn
ich dann rumstotterte, schien ihn das nicht zu
stören. Er ermutigte mich einfach, mehr
mitzumachen. Aber ich hatte mit der Schule
längst abgeschlossen. Ich wusste schließlich, was
ich werden wollte.

Als ich endlich zu Hause war, duschte ich.
Dann ging ich einkaufen. Am Abend würde ich

kochen, um Ma meinen guten Willen zu beweisen. Cem hatte recht: Ich konnte wenigstens so tun, als wäre ich der perfekte Sohn.

Nachmittags saß ich dann an der Konsole.

Ich hatte neue Waffen entwickelt, die wollte ich unbedingt ausprobieren. Eine davon war eine Plasma-Kanone, die alles einfror. Jeder war wie gelähmt, außer meiner Figur. Ich konnte rumgehen und seelenruhig ein paar Terroristen abschlachten. Aber das Ganze hielt nur zehn Sekunden an. Dann erwachten die Gegner wieder zum Leben und waren für einen Augenblick doppelt so stark wie sonst. Sehr kitzlig.

Ich war dermaßen vertieft, dass ich vergaß Essen zu machen. Egal. Schließlich war ich ja keine Küchenhilfe. Der Abend würde also mal wieder mit Streit enden.

Doch meine Mutter machte auf verständnisvoll. Immerhin hatte ich ja eingekauft. Außerdem erzählte ich ihr, dass ich den ganzen Nachmittag gelernt hatte.

„Na, das ist doch was", sagte sie. „Es scheint aufwärtszugehen. Und am Wochenende? Bist du da mit dieser Helen verabredet?"

„Auf jeden Fall", sagte ich und nickte heftig.

Jetzt war ich natürlich gezwungen Helen anzurufen.

Wir hatten seit dem missglückten Konzert-Date nicht mehr gesprochen. Morgens im Bus traf ich sie nicht, weil ich ja meistens erst zur dritten Stunde auftauchte. Wenn wir uns in der Schule sahen, nickten wir uns nur zu.

„Hallo Helen", sagte ich mit betont fröhlicher Stimme ins Telefon.

„Ach, du bist es, Tim." Sie klang ziemlich zurückhaltend. „Was gibt es denn?"

„Ich wollte mich mal melden."

„Aha."

„Was machst du so?", wollte ich wissen.

„Ich sitze gerade an Mathe."

„Hm, das ist vorbildlich."

„Rufst du an, um mich auf den Arm zu nehmen?"

Mist, ich war wieder dabei, es zu versauen. „Nein, entschuldige. Ich dachte, wir könnten uns vielleicht am Wochenende treffen."

„Warum?", fragte sie.

„Warum?", echote ich. „Also, um was zusammen zu unternehmen und so."

„Was glaubst du eigentlich, warum ich dir zurzeit aus dem Weg gehe?"

„Na ja, ist nicht so gut gelaufen, unser letztes Treffen", murmelte ich zerknirscht.

„Eben", sagte sie nur.

Ich konnte ja verstehen, dass sie enttäuscht war. Aber man musste den Leuten doch eine zweite Chance geben. Das sagte ich ihr auch, woraufhin sie nur lachte.

Doch schließlich lenkte sie ein und wir verabredeten uns für Samstag.

Ich war mir nicht sicher, ob ich mich darüber freuen sollte. Klar war es nett, etwas mit Helen zu unternehmen. Andererseits hatte ich keine Lust, mich dauernd bei ihr entschuldigen zu müssen.

Und außerdem würde mir die Zeit, die ich mit ihr verbrachte, beim Zocken fehlen. Aber das würde ich schon überleben.

13

Ich hatte mittlerweile Rückenschmerzen vom vielen Sitzen. Und wegen der ganzen Süßigkeiten, die ich mir beim Zocken reinstopfte, konnte ich nicht mehr aufs Klo. Wahrscheinlich war das Fast Food mit schuld. Stand jedenfalls im Internet, dass man davon Verstopfung kriegen konnte.

Aber das war eben das Opfer, das ich bringen musste. Spätestens wenn ich Profi-Zocker war, würde sich das alles auszahlen.

Die Streitereien mit Ma kamen und gingen wie Ebbe und Flut.

An einem Tag tat sie verständnisvoll, am nächsten machte sie mir Vorwürfe und drohte damit, mir die Konsole wegzunehmen. Dann schrie ich sie an, dass ich in dem Fall zu meinem Vater ziehen würde. Das wollte ich zwar nicht, und er wahrscheinlich auch nicht. Doch es funktionierte. Sie ließ mich eine Weile in Ruhe.

Dann war Samstag und die Verabredung mit Helen stand an.

Ich hatte zwar bis Mittag gepennt, war aber erst um sechs Uhr morgens ins Bett gegangen und spürte den Schlafmangel. Vor meinen Augen hingen Schleier und ich fühlte mich, als wäre ich in Gelee gepackt. Ich duschte und zog frische Klamotten an. Das erste Mal seit drei Tagen.

Anschließend fühlte ich mich etwas fitter.

Wider Erwarten freute ich mich doch auf das Treffen. Mir fiel wieder ein, dass ich gern mit Helen zusammen war.

„Viel Spaß!", rief Ma mir hinterher, als ich loszog.

Helen und ich hatten uns am Ried verabredet. Das war die kleine Einkaufsmeile bei uns. Es gab ein paar Cafés, man konnte auf Bänken sitzen oder in den Läden rumgucken. Kein besonders origineller Ort für ein Date, aber Helen schien es nichts auszumachen.

Sie wartete bereits, als ich ankam. Ich versuchte sie zu umarmen, doch das kam nicht so gut an. Sie machte sich steif und ging auf Abstand.

„Immer noch böse?", neckte ich sie.

„Ich stehe einfach nicht auf Drogen", gab sie zurück.

„Ich auch nicht", sagte ich, worauf sie mir einen ungläubigen Blick zuwarf.

„Ernsthaft", versicherte ich ihr. „Das war das erste und letzte Mal. Ich habe das Zeug nur genommen, weil ich dachte, ich könnte damit besser zocken."

„Und, kannst du?", fragte sie.

„Na ja, man ist irgendwie mehr im Spiel drin. Aber ich schaff das auch ohne so was."

Helen nickte. „Gut, dann lass uns das vergessen. Wir tun einfach so, als wäre das hier unsere erste Verabredung."

„Abgemacht", sagte ich erleichtert.

Wir schlenderten ein wenig die Fußgängerzone auf und ab und unterhielten uns.

Helen erzählte mir, dass sie später gern was mit Medizin machen würde. Krankenschwester oder so. Konnte ich mir gut vorstellen. Sie hatte so was Mitfühlendes und auch Mutmachendes.

„Und du?", fragte sie nach. „Was hast du mit deinem Leben vor?"

Ich druckste ein wenig rum. Schließlich wusste noch niemand von meiner Idee, Gamer zu werden. Aber warum sollte ich Helen mit irgendeinem Quatsch kommen?

„Ich werde Profi-Zocker", sagte ich also.

Sie sah mich ungläubig an. „Wie? Du meinst im Kasino? Roulette, Poker und so was?"

Ich lachte. „Nein, am Computer. Damit kann man richtig Geld machen. Da gibt es Ligen und Stars, die Millionen verdienen."

„Du machst Witze!"

„Echt nicht", versicherte ich ihr. „Das nennt sich *Electronic Sport*. Ist ein richtiger Markt."

„Und da willst du mitmischen?"

Ich nickte heftig.

„Spielst du viel?", wollte sie wissen. „Du bist nämlich ganz schön blass."

„Ach, ich hatte so einen Magenvirus", wiegelte ich ab. „Aber ich spiele auch viel. Das muss man, wenn man zu den Besten gehören will. Du kannst ja mal vorbeikommen und zusehen. Ich bin echt gut." Sofort bereute ich meine Worte. Was für ein Angeber.

„Sei nicht böse, aber jemandem beim Spielen zuzusehen stelle ich mir langweilig vor".

„Bei richtig großen Spielen gucken manchmal Millionen Menschen zu", murmelte ich.

Helen sah mich ungläubig an, ließ das Thema aber fallen.

Zum Glück. Irgendwie war es mir unangenehm, mit ihr darüber zu reden.

14

Der restliche Nachmittag lief besser. Wir aßen Eis und lachten viel. Auch wenn Helen sich nicht fürs Zocken interessierte, machte es Spaß, mit ihr zusammen zu sein.

Sie erzählte mir, dass die Band von diesem Tastenficker-Hannes eine CD aufgenommen hatte. „Ich singe da ein bisschen Background."

Am Freitag sollte die CD-Release-Party sein. Helen wollte, dass ich mitkomme.

Ich verzog das Gesicht. „Meinst du, ich bin da willkommen? Ich glaube, Hannes und ich sind nicht die besten Freunde."

„Ist doch egal", sagte Helen.

„Bist du eigentlich mit dem zusammen?", fragte ich, woraufhin sie lachte.

„Nein. Ich mag die Musik und Hannes ist ganz in Ordnung."

„Ich dachte nur, weil du doch so ein Fan bist."

„Ich bin aber kein Groupie", gab sie zurück. „Außerdem hab ich eine eigene Band. Ich singe und spiele Keyboard."

„Das wusste ich gar nicht."

„Du weißt so einiges nicht. Vielleicht solltest du öfter mal rausgehen. Das Leben spielt sich nicht am Bildschirm ab. Jedenfalls nicht nur." Helen grinste. „Hannes und ich sind bloß Kumpels. Er fragt mich manchmal nach Tipps wegen der Musik. Und unsere Bands treten ab und zu zusammen auf."

„Aha", sagte ich. Meinte sie das ernst? Dieser Typ wollte eindeutig etwas von ihr. Dem ging es garantiert nicht nur um Musik. Ich kannte diesen Blick bei Jungs, schließlich war ich selber einer.

„Also kommst du jetzt mit zur Party? Ich frage nicht jeden."

Ich fühlte mich geschmeichelt. Zwar hatte ich keine große Lust zuzusehen, wie sich dieser Hannes auf der Bühne zum Affen machte. Aber für Helen konnte ich das schon mal ertragen.

Wir verbrachten dann fast den ganzen Tag miteinander und verabredeten uns auch gleich für die kommende Woche. Ich war richtig beschwingt, als ich nach Hause fuhr.

Komischerweise hatte ich während des Treffens kein einziges Mal ans Zocken gedacht. Das fiel mir erst auf, als ich in meinem Zimmer vor der Konsole stand. Normalerweise tat ich das immer, wenn ich mit anderen zusammen war.

Fast hatte ich ein schlechtes Gewissen. Ich musste doch trainieren, besser werden. Ich musste es doch allen zeigen.

15

Am Dienstag kam ein Brief von der Schule.

Glücklicherweise war ich wieder zu Hause geblieben, um zu zocken. Ma machte zurzeit oft Frühdienste, sodass ihr nicht auffiel, wenn ich schwänzte.

Der Schule war es aber durchaus aufgefallen. In dem Brief baten sie meine Mutter um ein Gespräch, weil ich zurzeit auffällig oft fehlte.

Verdammt! Was sollte ich jetzt tun? Ich hatte ja wirklich ganz schön viele Fehlstunden angesammelt. Und dazu die gefälschten Entschuldigungen …

Um mich abzulenken, setzte ich mich an die Konsole und spielte bis Mittag.

Danach suchte ich krampfhaft nach einem Ausweg.

Vielleicht sollte ich die Schule anrufen und so tun, als sei ich meine Mutter? Über diesen Gedanken musste ich lachen. Wie bescheuert. So was funktionierte höchstens im Film. Die würden mir sofort auf die Schliche kommen.

Dann überlegte ich, Helen zu bitten sich als meine Mutter auszugeben. Aber das war genauso bescheuert. Und außerdem wollte ich Helen da nicht reinziehen.

Am Ende schrieb ich einen Brief.

Sehr geehrte Damen und Herren,

mein Sohn ist in letzter Zeit oft krank. Die Ärzte vermuten, dass es sich um eine Schwächung des Immunsystems handelt. Er muss in den kommenden Wochen öfter für Tests ins Krankenhaus.
Ich bitte Sie, ihn zu entschuldigen. Den versäumten Stoff wird er nachholen.

Hochachtungsvoll
Dörte Kappner

Na ja, kein Meisterwerk, aber für die Leute in der Schule würde es ausreichen.

Ich kramte eine Briefmarke aus dem Schreibtisch meiner Mutter und legte den Umschlag zur Seite. Ich würde ihn später einwerfen, bevor ich mich mit Helen traf. Dann setzte ich mich wieder an die Konsole und zockte bis zum Nachmittag.

Als es Zeit für den Aufbruch war, schaffte ich es kaum, mich vom Spiel loszureißen. Aber ich konnte Helen nicht noch einmal versetzen. Und der Brief musste auch weg.

Diesmal spazierten wir am Stadtring entlang. Das war ein Park, der um die Innenstadt führte. Wir unterhielten uns über alles Mögliche und lachten viel. Irgendwann fasste Helen nach meiner Hand. So gingen wir weiter.

Das hatte ich mir zwar gewünscht, aber trotzdem war ich nicht darauf vorbereitet. Ich begann zu schwitzen.

„Wollen wir uns auf die Bank setzen?", schlug Helen vor.

Ich nickte. Mein Herz raste und mir war schwindelig.

Kaum saßen wir, küssten wir uns. Lange.

Als wir uns voneinander lösten, lächelte Helen. Dann sah sie mir fest in die Augen. „Darf ich dich etwas fragen? Aber du musst mir versprechen nicht böse zu sein."

Ich nickte unsicher.

Sie räusperte sich. „Kann es sein, dass du Probleme hast? Du riechst ziemlich ungeduscht, ehrlich gesagt. Das ist etwas unangenehm. Und du fehlst in letzter Zeit oft in der Schule. Ist irgendwas?"

Ich schluckte. Helen war ganz schön direkt.

Am liebsten hätte ich gesagt, dass sie sich um ihren eigenen Kram kümmern sollte. Stattdessen atmete ich tief durch und log: „Nein, alles okay. Ich komm nur manchmal einfach nicht zum Duschen. Ich habe viel zu tun. Aber wenn das ein Problem ist, müssen wir uns ja nicht küssen." Ich rückte ein Stück von ihr weg.

Wir schwiegen. Es war ein unangenehmes Schweigen. Eins von der Sorte, wo man sich körperlich unwohl fühlte.

„Was hast du denn zu tun?", fragte Helen schließlich in die Stille.

Ich zuckte mit den Schultern. „Das kannst du nicht verstehen. Du lebst so anders als ich. Meine Mutter arbeitet den ganzen Tag oder geht zum Yoga. Da muss ich den Haushalt fast allein schmeißen. Alles bleibt an mir hängen. Und meine Mutter macht ständig Stress."

Helen lebte mit ihren Eltern und Geschwistern in einem Reihenhaus. Das hatte sie mir gerade erst erzählt. Wir dagegen wohnten zur Miete in einer Zwei-Zimmer-Wohnung. Aber das störte mich eigentlich nicht. Und so

schlimm, wie ich es klingen ließ, war es gar
nicht.

„Tut mir leid", sagte Helen leise. „Ich wollte
dich nicht kränken."

Ich hasste mich dafür, dass ich ihr diesen
Quatsch erzählte. Jetzt hatte ich ihr ein
schlechtes Gewissen gemacht.

Warum konnte ich nicht zugeben, dass ich
fast meine gesamte Zeit vor der Konsole
verbrachte? Dass ich vergaß mich zu waschen,
mir die Zähne zu putzen, meine Klamotten zu
wechseln, und dass mir das alles auch nicht so
wichtig war. Dass es wichtiger war, beim Spiel
weiterzukommen. Dass man manchmal Opfer
bringen musste, um seinen Traum zu
verwirklichen.

„Ich muss nach Hause, Essen machen",
murmelte ich und stand auf. „Meine Mutter
kommt bald." Das stimmte zwar nicht, aber ich
fühlte mich schmuddelig und wie ein blöder
Penner.

„Bist du mir jetzt böse?", fragte Helen
vorsichtig, nachdem wir ein paar Schritte
gegangen waren. Sie fasste wieder nach meiner
Hand.

„Nein, du hast ja recht. Ich muss da mehr

drauf achten. Wenn wir uns das nächste Mal treffen, bin ich wie aus dem Ei gepellt."

Sie lachte. „Ganz so schlimm muss es nicht sein. Sehen wir uns morgen nach der Schule?"

„Ja", sagte ich und drehte mein Gesicht weg, als sie versuchte mich zum Abschied zu küssen.

Zu Hause merkte ich, dass ich immer noch sauer war. Nicht nur auf Helen, auch auf mich selbst.

Um mich zu beruhigen, ballerte ich ein paar Zombie-Terroristen um und schaffte es ins nächste Level.

16

Der neue Tag begann genau so, wie der alte geendet hatte: Statt in der Schule, auf meinem Platz, saß ich vor der Konsole.

Helen rief während der großen Pause an, um zu fragen, warum ich nicht da wäre.

„Ach, ich glaube, ich habe Fieber. Fühl mich nicht gut."

„Du solltest dich mal richtig untersuchen lassen. Du bist ziemlich oft krank."

„Ja, da sind wir dran. Ich hab demnächst ein paar Tests im Krankenhaus. Kann sein, dass mein Immunsystem geschwächt ist." Wenn ich so weitermachte, glaubte ich meine Lügen bald selber.

„Oh, das klingt nicht gut", sagte Helen besorgt.

„Ja", antwortete ich nur und fühlte mich schlecht. Nicht bloß, weil ich Helen anlog, auch weil ich weiterspielen wollte und sie mich störte. Ich war gerade dabei gewesen, einen der großen Tanks zu kapern, um damit die Eismauern zu durchbrechen. Das würde mich mitten in die Festung katapultieren …

„Sehen wir uns heute Nachmittag?", unterbrach Helen meine Gedanken.

„Würde ich gern", sagte ich schnell. „Aber ich muss gucken, wie es mir geht. Ich rufe dich an, ja?"

Nachdem wir aufgelegt hatten, saß ich ein paar Minuten einfach nur da. Ich hatte Helen den totalen Müll erzählt. Dabei machte sie sich Sorgen, was mich wiederum freute.

Das war alles so verwirrend. Ich wusste nicht wohin mit meinen Gefühlen.

Um mich abzulenken, spielte ich weiter. Wütend und unaufmerksam. Statt die Eismauer zu durchbrechen, crashte ich eine Abschussrampe. Ich versuchte es noch einmal, fuhr ein paar Ochsentreiber mit ihren Tieren platt und landete in einem Brunnen.

Irgendwie war die Luft raus seit Helens Anruf.

Ich ging ins Bad und ließ das kalte Wasser so lange laufen, bis es eisig war. Dann füllte ich das Waschbecken, holte tief Luft und tauchte mein Gesicht hinein. Die Haut spannte sich und ich hatte das Gefühl, dass sie schrumpfte.

Lachend tauchte ich wieder auf, weil ich mir

vorstellte, wie ich als Schrumpfkopf rumlief. Aber es tat gut und ich fühlte mich so frisch, dass ich beschloss doch noch zur Schule zu gehen. Außerdem wollte ich den Nachmittag mit Helen verbringen. Das wäre bestimmt lustig und würde mich vom Zocken abhalten.

Ich musste mich einfach wieder aufladen, mich auch im richtigen Leben ins nächste Level spielen.

Ich schloss mit mir selber einen Deal ab: Wenn ich heute alles richtig machte, würde ich mir abends ein paar Runden an der Konsole erlauben. Ganz entspannt und ohne schlechtes Gewissen. Ich würde das Zocken von jetzt an dosieren. Ein normales Leben führen. Regelmäßig Zähne putzen und so was. Und dann, wenn es passte, und zwar *nur* dann, ein bisschen spielen.

Ganz easy.

Denn irgendwie hatte ich plötzlich Schiss, dass es mich zerreißen würde, wenn das so weiterging.

Als ich im Bus saß, musste ich grinsen. Helen würde Augen machen, wenn ich ihr in der nächsten Pause auf die Schulter tippte.

Im Flur kamen mir zwei Tussen aus der

Parallelklasse entgegen. Die hatten so viel Schminke im Gesicht, dass sie aussahen wie paniert. Beim Vorbeigehen hielten sie sich mit großem Getue die Nasen zu.

Eine rief kichernd: „Stinker." Es hatte nicht mal böse geklungen, eher als wollte sie mich necken.

Als sie außer Sichtweite waren, schnüffelte ich an meinen Achselhöhlen. Na ja, roch nicht gerade nach Blumenwiese ... Ich hätte vielleicht doch das Shirt wechseln sollen. Egal. Sollten sich die Tussen doch lustig machen. Wenn ich erst ein paar Millionen im Jahr verdiente, würden mir solche Mädchen die Tür einrennen.

Johnny English blieb cool, als ich mitten in seine Stunde platzte.

Er hielt gerade wieder mal einen Vortrag über J. D. Salinger. Das war ein Schriftsteller und Johnnys privater Gott. Und dieses Buch, das Salinger geschrieben hatte, das war Johnnys Bibel: *Der Fänger im Roggen*.

Dabei war die Geschichte eher traurig. Es ging um einen Jungen, der sein eigenes Ding machte. Deswegen bekam er immer wieder eins auf den Deckel. Trotzdem ging der Junge weiter seinen Weg.

Seit Beginn des Schuljahres nervte Johnny English uns damit. Aber manchmal steckte er uns mit seiner Begeisterung auch an und wir fanden es gut.

Leider waren Bücher nicht mehr so meins. Früher hatte ich gern gelesen. Jetzt kam mir das alles tot und staubig vor. Vor allem, wenn man Computerwelten kannte.

Johnny winkte mir mit dem Buch zu. Die Seiten flatterten, als wäre es ein Vogel, der davonfliegen wollte.

Ich setzte mich und versuchte zuzuhören, aber mir war plötzlich furchtbar schlecht. Wahrscheinlich der Schlafmangel, überlegte ich. Oder zu wenig gegessen.

Nach ein paar Minuten konnte ich Johnny kaum noch folgen. Meine Gedanken schweiften ständig zum Spiel ab. Immer wieder sah ich mich beziehungsweise meine Spielfigur. Und diese verdammte Eismauer. Die war unendlich lang und hoch.

„Tim", hörte ich wie aus weiter Ferne meinen Namen. Es war Johnny English. Anscheinend hatte er mich schon mehrmals aufgerufen, denn alle starrten mich erwartungsvoll an.

„Ja?", sagte ich mit einem Räuspern.

Johnny kam an meinen Tisch. „Entweder bist du in Gedanken im *Fänger im Roggen*, oder du bist geistig nicht anwesend."

„Mir ist nicht gut." Diesmal war es wenigstens nicht total gelogen.

„Meinst du, du schaffst den Unterricht?", fragte Johnny besorgt, was ich ihm hoch anrechnete. Die meisten Lehrer hatten mich längst abgeschrieben.

Ich nickte und versuchte mich zusammenzureißen. Das Eismauer-Problem könnte ich auch später noch lösen. Das rannte mir nicht davon.

Johnny Englishs Stimme klang wieder weit entfernt. Wie konnte ich die Mauer bloß knacken? Hatte ich etwas übersehen?

„Tim?" Johnny sah mich prüfend an. „Hast du mir zugehört?"

„Sicher", sagte ich. Hatte ich aber nicht.

„Du glaubst also auch, dass die Hauptfigur seinen Zimmernachbarn Robert Ackley niedermachen darf?"

„Äh ja, warum nicht", antwortete ich nur. Keine Ahnung, um was es hier gerade ging.

Johnny ließ nicht locker. „Robert wird als unsympathisch beschrieben. Als jemand, der sich nie die Zähne putzt und überhaupt ziemlich widerwärtig ist. Reicht das, um ihn nicht zu mögen?"

Wollte mir Johnny English damit etwas sagen? Das war irgendwie peinlich.

Statt darauf einzugehen, fragte ich: „Gibt es das Buch eigentlich auch als Computerspiel?", was mir ein paar Lacher einbrachte.

Johnny English hob nur die Augenbraue und marschierte dann nach vorn, um weiterzuschwafeln.

Nach der Stunde winkte er mich zu sich. Er fixierte mich eine Weile und sagte dann: „Manchmal erinnerst du mich an Holden Caulfield."

„An wen?", fragte ich verwirrt.

„An die Hauptfigur vom *Fänger im Roggen*."

„Aha", sagte ich nur. Was sollte das denn jetzt?

„Holden ist intelligent, verachtet Heuchelei und Dummheit. Er stellt vieles infrage. Und du warst auch immer jemand, der genau hinschaut und sich nicht mit einfachen Erklärungen zufriedengibt. Aber ich weiß nicht so recht, was in letzter Zeit mit dir los ist."

„Ich auch nicht", erwiderte ich leise.

Johnny ging nicht darauf ein. „Ich kenne dich als einen klugen, zuverlässigen Menschen. Deswegen wollte ich abwarten, ob du dich wieder fängst. Ich habe aber den Eindruck, dass du irgendwie unter Druck stehst. Und dass du vielleicht Hilfe brauchst."

„Es ist alles in Ordnung", sagte ich, woraufhin er wieder mal die Augenbraue hob.

„Du siehst blass aus. Dabei hast du immer so viel Energie gehabt. Wo ist die hin? Nimmst du Drogen?"

Fast hätte ich gelacht. „Nein. Ich mache mich doch nicht freiwillig von irgendeinem Mist abhängig."

Johnny English wiegte den Kopf. „Na gut. Aber wenn du mal reden möchtest, weißt du ja, wo du mich findest." Damit war ich entlassen.

Auf dem Schulhof traf ich Cem.

„Hey Kartoffel", rief er schon von Weitem. „Du siehst ja wieder aus, als hätten sie dich aus irgendeinem ekligen Loch gezogen."

Ich lächelte säuerlich.

„Das liegt hoffentlich nicht am Special A, das du von mir hast."

„Ich hab das Zeug nur einmal angerührt."

„Okay." Cem war erleichtert. „Aber du siehst

scheiße aus. Du könntest glatt beim *Supertalent* mitmachen. Der Junge, der in Rekordzeit verfiel. Eben noch ein ehrbares Mitglied der Gesellschaft, jetzt ein Fall für die Müllentsorgung." Er lachte über seinen eigenen dämlichen Witz.

Ich winkte ab. „So schlimm ist es auch wieder nicht."

„In den letzten Tagen mal in den Spiegel gesehen?"

„Immer", sagte ich und ließ ihn stehen, um Helen zu suchen.

17

Helen hatte es sich auf dem großen Stein in der Ecke des Hofs bequem gemacht, zusammen mit ein paar anderen. Darunter auch Hannes.

Dieser Typ war der reinste Schimmelpilz. Setzte sich überall fest und war nicht wegzukriegen. Wenn ich nur schon sah, wie er sich seine Tolle aus der Stirn wischte, hätte ich kotzen können.

Ich wollte umkehren, doch Helen hatte mich bereits entdeckt. So blieb mir nichts anderes übrig, als rüberzugehen.

„Komm rauf!", sagte sie und streckte mir ihre Hand entgegen. So als wäre sie eine Königin und ich ihr Untertan. Hannes saß im Schneidersitz neben ihr. Wie der verdammte König.

Ich ignorierte die Hand, kletterte hoch und zwängte mich zwischen die beiden.

Schnaubend rückte Hannes zur Seite. Ich überlegte, ob ich Helen einen Kuss gegeben sollte, um ihm zu zeigen, dass sie zu mir gehörte. Aber das war mir dann doch zu peinlich.

Helen schien es genauso zu gehen.

Jedenfalls sagte sie nur: „Du bist ja doch gekommen. Schön."

„Klar. Ich wollte sehen, was hier so läuft ohne mich."

„Es läuft super ohne dich", sagte Hannes und lachte. Ich reagierte nicht.

„Geht es dir besser?", fragte Helen. „Du siehst schon noch aus, als wärst du im Bett besser aufgehoben."

Langsam reichte es. Andauernd erklärte mir jemand, wie krank ich aussah. Konnten die Leute nicht mal ihre Klappe halten?

„Wie begraben und wieder ausgebuddelt", versuchte Hannes einen Witz.

Ich drehte mich zu ihm. „Halt dich raus, Wischmopp." Der Typ machte mich echt wütend.

Helen legte mir die Hand auf den Arm, um mich zu beruhigen.

„Sehen wir uns heute Nachmittag?", fragte ich sie.

„Sorry, aber jetzt habe ich mich schon mit Hannes zum Proben verabredet. Bei dir klang das nicht so, als wenn du dich treffen willst."

Enttäuscht schaute ich zur Seite.

„Du könntest ja einfach mitkommen", schlug sie vor.

Hannes verzog das Gesicht. Vielleicht sollte ich Helen wirklich begleiten. Einfach nur, um diesem Typen eins auszuwischen. Aber eigentlich hatte ich auf solche Spielchen keine Lust.

Wenn Helen lieber Zeit mit dem Kerl verbrachte, dann war das eben so. Ich würde ihr nicht hinterherrennen.

„Oder wir treffen uns morgen nach der Schule", sagte sie, als ich nicht antwortete.

„Ja, vielleicht", murmelte ich nur.

Helen stand auf. „Jungs, ich muss los. Seid brav." Und zu Hannes: „Wir sehen uns dann später."

Er tippte sich mit zwei Fingern an die Stirn. „Aye, Sir!"

Stumm sahen wir zu, wie sie über den Schulhof stiefelte und im Gebäude verschwand.

Ich drehte mich zu Hannes. „Ihr habt also eine CD."

Er sah mich spöttisch an, nickte und fragte dann: „Verstehst du was von Musik?"

„Na ja, ich höre manchmal Rap."

Sein dümmliches Grinsen wurde noch breiter. „So einen Quark meine ich nicht. Ich rede von richtiger Musik. Von Kadenzen, von Haupt- und Nebenakkorden, von Harmonielehre."

Ich winkte gelangweilt ab.

Er sagte: „Musik ist die Sprache des Universums."

„Schön für das Universum", gab ich zurück. Obwohl mir das Universum ziemlich leidtat, wenn ich an die Musik des Wischmopps dachte. Aber das behielt ich für mich.

Hannes sah mich herablassend an. „Wer Musik nicht versteht, der versteht gar nichts und bleibt unwissend."

„Ey, nerv mich nicht, du Penner!"

„Und wenn doch? Was machst du dann?", fragte Hannes.

„Lass mich einfach in Ruhe", sagte ich, stand auf und haute ab.

Ich ging nicht zu Chemie, ich ging direkt nach Hause und setzte mich an die Konsole.

Diesmal würde ich die verdammte Eismauer knacken. Sollte Helen doch mit diesem Heini glücklich werden. Dann könnten sie zusammen Musik fürs Universum machen.

Verdammt. Jetzt war ich an der Mauer entlanggeschrammt, ohne dass sie nachgab.

Ich war wütend. Ich war verdammt wütend. Alle zerrten an mir. Meine Mutter, die Lehrer und jetzt auch noch Helen. Ich hatte schon genug Stress. Merkten die das nicht?

Ich steuerte meinen Tank immer wieder wie ein Bekloppter gegen die Mauer, ohne ihr auch nur einen Kratzer beizubringen.

Ich war so ein Loser. Ich kriegte nix auf die Reihe. Am liebsten hätte ich was kaputt gehauen oder jemanden geschlagen. Nicht virtuell, sondern in der Realität.

Als Ma nach Hause kam, hatte ich mich wieder beruhigt. Sie allerdings kam richtig in Fahrt bei meinem Anblick.

„Ich stelle den Scheißstrom ab", giftete sie mich an.

Ich hatte eigentlich vorgehabt rechtzeitig auszumachen. Aber dann war der Sog wieder so stark geworden, dass ich alles um mich herum vergessen hatte. Ich konnte mich einfach nicht dagegen wehren. Es war wie ein dunkler Fluss, der mich immer weitertrieb.

Mir war klar, wie verrückt diese ganze Zockerei war. Ich hatte sogar schon überlegt, mir einen Eimer ins Zimmer zu stellen, damit ich beim Pinkeln weiterspielen konnte! Aber es zog mich eben an die Konsole, ob ich wollte oder nicht. Als wäre meine Vernunft ausgelöscht. Und dann spielte ich, als ginge es um mein Leben.

Es machte ja auch Spaß und ich wurde wirklich immer besser. Immer genialer. Ich hatte die Eismauer mittlerweile geknackt und trieb mich in den Wurmhöhlen des Nebelplaneten herum.

Aber nachdem Ma rumgewütet hatte, wollte mir nichts mehr gelingen. Ständig landete ich in Sackgassen. Dabei musste ich möglichst schnell den Wurm finden, um aus seinem Blut eine wichtige Medizin herzustellen. Sonst würden sich die Tore schließen.

Und so kam es dann auch.

Wütend stürmte ich in die Küche, wo Ma über die Zeitung gebeugt saß.

„Vielen Dank auch, dass du mein Spiel zerstört hast", rief ich. „Jetzt muss ich von vorn anfangen."

„Und?", fragte sie herausfordernd. „Was ist daran so schlimm?"

„Mann, du hast keine Ahnung", jaulte ich. „Ich muss diesen Wurm in einer bestimmten Zeit finden. Sonst geht das nicht weiter. Scheiße!"

Sie sah mich besorgt an. „Du bist ja völlig aus dem Häuschen, nur wegen eines Computerspieles."

„Das ist nicht nur ein Spiel", schrie ich. „Das ist verdammt wichtig. Das entscheidet über meine Zukunft. Das entscheidet alles."

„Jetzt komm mal runter", sagte sie. „Du solltest dir zuhören. Und wie du wieder aussiehst. Du hast total fettige Haare und Pickel. Wann hast du das letzte Mal deine Sachen gewechselt?"

„Das geht dich einen Scheiß an. Du interessierst dich doch sowieso nicht für mich."

Jetzt schaute Ma erschrocken. „Wie kannst du so etwas sagen? Natürlich interessiere ich mich für dich. Ich mache mir aber auch Sorgen. Du spielst bis spät in die Nacht und morgens kommst du nicht hoch. Du isst nicht mehr richtig, du wäschst dich kaum. Erst hab ich gedacht, das ist eben die Pubertät. Aber du bist so besessen von dieser Spielerei. Da ist nicht mehr normal!"

Einen Augenblick lang war ich verdutzt. Ich hatte nicht gedacht, dass Ma meine nächtliche Zockerei mitbekam.

„Du musst mich nicht für dumm halten, Tim.

Ich habe nur nichts gesagt, weil ich dachte, dass du dich wieder fängst …“ Sie schüttelte den Kopf. „Vielleicht sollten wir uns professionelle Hilfe suchen. Jemanden, der sich mit so was auskennt.“

„Ich gehe doch nicht zu irgendeinem Psychotypen. Ich bin nicht verrückt, nur weil ich am Computer spiele.“

„Das sagt ja auch keiner. Aber ich habe den Eindruck, dass du in einer Sackgasse steckst.“

„Ja genau, auf dem Wurmplaneten. Und du bist schuld“, schrie ich und verschwand polternd in meinem Zimmer.

18

Um mich abzulenken, setzte ich mich vor die Konsole. Aber ich kam nicht weiter. Als wäre da eine Sperre in meinem Kopf. Daran war nur meine Mutter schuld.

Warum konnte sie mich nicht einfach in Ruhe lassen? Ich tat doch niemandem was. Warum mischte die sich überall ein? Eltern sollten ihre Kinder unterstützen, nicht ausbremsen. Wenn ich eines Tages als Profi-Zocker durch die Welt jettete, würde sie schon sehen, was sie davon hatte.

Ich steuerte meine Figur gerade durch einen engen Spalt, als es schlagartig dunkel wurde. Kein Licht, keine Konsole, kein Spiel. Für einen irrwitzigen Moment dachte ich, das wäre Teil des Spiels. Aber dann wurde mir klar, dass wir einen Stromausfall hatten.

„Was ist passiert, Ma?", schrie ich in die Finsternis. Ich schaltete die Taschenlampe meines Handys ein.

Da stand sie schon in der Tür. Ich leuchtete

sie an. Sie hatte einen entschlossenen Gesichtsausdruck und sie hielt etwas in der Hand.

„Was ist das?", fragte ich, obwohl ich es bereits ahnte.

„Jetzt ist Schluss mit Strom", erklärte sie. „Man muss bei dir anscheinend mit drastischen Mitteln arbeiten, damit du aufhörst zu spielen."

„Du hast die Sicherung rausgedreht? Spinnst du?" Ich war verblüfft. Sie hatte das schon öfter angekündigt, aber nie wahr gemacht. Bis heute.

„Ich will dir doch nur helfen", sagte Ma und klang irgendwie kläglich. „Ich glaube fast, du bist süchtig nach dem Spielen."

Jetzt schrie ich sie an. „Du hilfst mir am besten, wenn du die Sicherung reindrehst."

„Nein, werde ich nicht. Ich gehe jetzt zum Yoga und das Ding nehme ich mit."

„Du willst mich hier im Dunkeln sitzen lassen?", brüllte ich. War die bescheuert? „Das kannst du nicht machen. Ich geh zum Jugendamt, wenn du die Sicherung nicht wieder reinschraubst."

„Tim, so geht das nicht weiter. Wir müssen uns etwas überlegen."

Ich ballte die Fäuste und war kurz davor, mich

auf sie zu stürzen. „Du blöde Kuh, mach die Sicherung wieder rein!"

Ma drehte sich um und verließ das Zimmer. Ich hörte sie schluchzen. Fast hatte ich Mitleid, aber dann fiel mir ein, was sie mir gerade antat.

Ich rannte in den Flur und schrie ihr hinterher: „Du spinnst ja wohl, ich bin nicht spielsüchtig."

Und dann war sie weg. Mit der Sicherung.

Aufgelöst ging ich in mein Zimmer zurück und setzte mich vor die dunkle Konsole.

Was für ein Schwachsinn. Ich spielte aus Spaß und um die Schule zu vergessen, den Alltag. Aber vor allem aus Spaß. Und ich wollte Profi-Gamer werden. Da spielte man eben den ganzen Tag. Das war nun mal der Job.

Man lernte durchs Spielen, man kam weiter. Das war wie Hausaufgaben machen. Außerdem, wenn einer Profi-Fußballer werden wollte, steckte er seine Nase auch nicht den ganzen Tag in Bücher. Nein, er spielte Fußball.

Die kapierte mal wieder nichts, die Alte. Nur weil sie ohne Computer aufgewachsen war und die in ihrer Welt kaum vorkamen, hieß das nicht, dass es sie nicht gab. Eltern taten immer so, als wären Computer, das Internet und vor allem Spiele was Schlimmes. Als würde man Drogen nehmen.

Ich konnte jederzeit aufhören und was komplett anderes machen. Jederzeit.

Was nun? Wie sollte ich jetzt weiterzocken?

Ich ging mit dem Handy online und gab die Begriffe *kein Strom, keine Sicherung* ein. Es kamen aber nur Vorschläge, wie man eine Sicherung überbrücken könnte. Nichts davon löste mein Problem.

Ich überlegte Cem anzurufen, um zu fragen, ob ich bei ihm schlafen könnte. Aber so dicke Kumpels waren wir auch nicht.

Entschlossen marschierte ich zum Sicherungskasten und leuchtete hinein.

Ich war technisch nicht der Überflieger, aber meine Mutter noch weniger. Trotzdem brauchte ich eine Weile, bis es mir dämmerte: Wir hatten noch die alten Sicherungen. Also musste ich einfach nur eine andere rausdrehen, die von Bad und Küche, zum Beispiel, und bei mir reinmachen.

Das tat ich und sofort ging das Licht in meinem Zimmer wieder an.

Das Spiel war kurz vor der Unterbrechung gespeichert worden, darum konnte ich ohne

Probleme weiterzocken. Die ganze Aktion beflügelte mich und in null Komma nichts hatte ich den Wurm aufgespürt, getötet, aus seinem Blut Medizin gewonnen, getrunken und es ins nächste Level geschafft.

An dieser Stelle unterbrach ich, schickte Ma eine SMS und fragte, wann sie zurück sein würde. Ich würde dann einfach eine Viertelstunde vorher die Sicherung wieder tauschen. Das war genial.

Beruhigt spielte ich weiter.

Als kurz nach elf die Wohnungstür aufging, hatte ich schon alles rückgängig gemacht und mich hingelegt.

Ich hörte Ma am Sicherungskasten herumfummeln, dann ging das Licht an.

Sie kam in mein Zimmer, setzte sich auf die Kante des Bettes und strich mir über die Haare. Ich konnte ihren Weinatem riechen.

„Tim", flüsterte sie. „Tim, es tut mir leid."

Ich tat, als ob ich aus dem Tiefschlaf erwachte.

„Ich wusste einfach nicht, was ich tun sollte. Ich bin so verzweifelt."

„Ist schon okay", murmelte ich. „So komme ich mal früher ins Bett."

Ma hatte rote Flecken im Gesicht. Hatte sie

immer, wenn sie Wein trank. „Weißt du, ich will gar nicht so gemein zu dir sein. Aber ich fühl mich gerade so hilflos."

Am liebsten hätte ich gesagt, sie solle sich mit ihrem Selbstmitleid verziehen. Warum versuchten Eltern immer, ihre Aktionen durch Erklärungen und Entschuldigungen zu rechtfertigen? Sollte Ma ihren Mist doch durchziehen, ohne Rumgeheule. Das war einfach nur feige. Und irgendwie wurde es dadurch noch schlimmer.

Aber sie hörte nicht auf. „Ich mache mir Sorgen, dass du durch die Spielerei alles andere vergisst."

„Tue ich schon nicht", gab ich zurück.

„Ich weiß gar nicht, wie du in der Schule bist. Du erzählst mir nichts mehr."

„Da gibt's nichts zu erzählen. Das läuft."

„Oder wie es mit dieser Helen ist. Trefft ihr euch jetzt regelmäßiger?"

„Mhm", machte ich und gähnte demonstrativ.

„Bist du in sie verliebt?"

„Mann, Ma, echt jetzt. Ich will schlafen." Langsam wurde sie peinlich.

Sie fuhr mir wieder über die Haare. „Früher haben wir viel mehr miteinander geredet."

„Mhm", machte ich noch einmal und drehte mich zur Wand.

Endlich stand sie auf.

Aber sie war noch nicht fertig. „Sag mal, war da eigentlich Licht bei dir? Vom Hof aus wirkte es so."

„Kann nicht sein", sagte ich.

Ma kicherte vor sich hin. „Stimmt. Liegt wohl am Wein."

„Auf jeden Fall. Der verzerrt die Wahrnehmung."

19

Am nächsten Morgen fiel mir das Aufstehen nicht so schwer wie sonst. Ich hatte ausreichend geschlafen.

Meine Mutter war schon weg, die Sicherung hatte sie mitgenommen. Ich musste lachen, als ich mir vorstellte, für wie schlau sie sich hielt. Denn ich war schlauer.

Kurz überlegte ich, in die Schule zu gehen, aber wozu? Ich würde mir einfach wieder eine Entschuldigung schreiben.

Ich zockte ein wenig, frühstückte und zockte weiter. Ganz entspannt. Zwischendurch ging ich einkaufen und am Nachmittag telefonierte ich mit Helen.

Sie wollte sich mit mir treffen, doch ich vertröstete sie auf den nächsten Tag. Behauptete, ich wäre krank.

„Ich mach mir Sorgen um dich", sagte sie. Jetzt fing die auch noch damit an.

„Brauchst du nicht", antwortete ich. „Morgen geht es mir wieder besser. Garantiert."

Als Helen vorschlug nach der Schule vorbeizukommen, tat ich so, als hätte ich nachmittags eine Untersuchung.

„Schade", sagte sie. „Dann sehen wir uns in der Schule."

Ich legte auf und spielte weiter.

Als meine Mutter abends nach Hause kam, hatte ich das Essen auf dem Tisch. Sie war begeistert. Den Streit vom Vorabend erwähnten wir beide nicht.

Stattdessen fragte Ma: „Willst du nachher ein bisschen spielen?" Sie hielt mir die Sicherung hin.

Ich nickte und nahm ihr das Ding aus der Hand.

„Siehst du, wenn wir miteinander reden, ist gleich alles besser." Sie lächelte vorsichtig.

„Total", bestätigte ich ihr.

„Aber nur bis halb elf. Dann ist Schluss."

„Na klar", sagte ich.

Ich spielte bis halb elf, dann kam sie rein und verkündete: „Feierabend!"

Nachdem sie im Bett war, wartete ich eine halbe Stunde, um sicher zu sein, dass sie schlief. Dann zockte ich weiter. Bis um zwei.

Am Morgen war ich entsprechend müde, aber

das überspielte ich beim Frühstück.

Dummerweise hatte Ma den Rest der Woche Spätdienst, sodass ich in die Schule gehen musste. Egal, wenn ich Helen dort traf, konnte ich unsere Verabredung am Nachmittag sausenlassen und zocken.

Helen schaute zwar ziemlich traurig, als ich ihr was von einem weiteren Arzttermin erzählte. Aber wir würden uns ja am Freitag zur CD-Release-Party sehen. Außerdem hatte ich mir vorgenommen bald mit diesem intensiven Zocken aufzuhören. Es ruhiger angehen lassen. Mein Leben wieder etwas zu ordnen.

Aber erst einmal freute ich mich, dass ich Ma ausgetrickst hatte.

Die nächsten Tage liefen immer gleich ab. Sobald ich zu Hause war, wechselte ich die Sicherung. Danach ging es los.

Alles war simpel, wenn man die richtigen Tricks kannte. Sowohl im Spiel als auch im richtigen Leben.

Dann kam der Freitag. Abends würde die Party stattfinden.

Ich war wie üblich müde, schlecht gelaunt und hatte absolut keine Lust hinzugehen.

Außerdem war es mit Helen in der Schule ein bisschen schleppend gewesen die letzten Tage. Ich war einfach nicht bei der Sache. Und obwohl ich sie echt mochte, hatte ich das Gefühl, dass ich eigentlich eine Freundin bräuchte, die ebenfalls zockte. Die wusste, wie wichtig das war.

Helen hatte kein Verständnis dafür. Konnte man so jemanden lieben?

Trotz allem machte ich mich bereit. Ich zwang mich zu duschen. Ich zwang mich, frische Klamotten anzuziehen. Ich zwang mich zu lächeln, als ich an Helen dachte. Dabei war es mir wahnsinnig schwergefallen, mich von der Konsole zu lösen. Ich war so verdammt weit im Spiel. Das schafften nicht alle. Und jetzt musste ich auf die Party von diesem Wischmopp. Da stimmte doch was nicht.

Ich fühlte mich, als wäre ich nicht mehr Herr meiner selbst. Als hätten andere die Kontrolle über mich: Helen, meine Ma, die Schule.

Der Laden war total voll, als ich ankam. Natürlich wieder zu spät.

„Schön, dass du da bist", sagte Helen und gab mir zur Begrüßung einen Kuss. Seit unserer

Knutscherei auf der Bank waren wir uns nicht mehr so nahe gekommen.

„Ja, finde ich auch", antwortete ich.

„Und wie geht es dir? Was ist bei den ganzen medizinischen Tests rausgekommen?"

„Hab noch keine Ergebnisse."

Helen machte ein bekümmertes Gesicht. „Ach, das wird schon."

Ich nickte. Konnten wir nicht mal das Thema wechseln?

Im nächsten Moment bekam ich einen so heftigen Schlag auf den Rücken, dass ich vorwärtstaumelte. Hätte ich mich nicht an Helen festgehalten, wäre ich hingefallen. Wütend drehte ich mich um.

Da stand Hannes und grinste überheblich. „Etwas schwach auf der Brust, was?"

Ich war eigentlich niemand, der sich prügelte. Aber jetzt war ich bereit dem Kerl eine reinzuhauen.

Doch Helen schob sich zwischen uns und fragte ihn: „Wann fangt ihr an?"

Wischmopp sah auf seine teure Smartwatch. „Halbe Stunde. Kommst du mit nach hinten, Helen? Ich will noch ein paar technische Sachen prüfen."

Sie nickte, dann wandte sie sich zu mir. „Ich mache heute Abend den Sound."

„Klingt gut", sagte ich.

„Kommst du mit, Tim? Ich erklär dir das Mischpult."

„Später." Ich wollte auf gar keinen Fall weiterhin diesen Hannes ertragen müssen. „Ich sehe mich erst mal ein bisschen um."

„Okay." Sie verschwanden hinter der Bühne.

Ich ließ den Blick durch den Raum schweifen. All zu viele Leute kannte ich nicht, aber da war Finn aus der Nachbarklasse. Ich winkte ihm und ging rüber.

„Alles klar, Alter?", fragte er. Wir klatschten uns ab.

„Alles klar", gab ich zurück. Mehr hatten wir uns nicht zu sagen.

„Kennst du *Call of the Force*?", fragte ich nach einer Weile.

Er schüttelte den Kopf. „Ist das ein Film?"

„Computerspiel", sagte ich.

„Nee, ist nicht so mein Ding."

Der Typ neben Finn nippte an seinem Bier. „Kennst du das?", fragte ich ihn.

„Na ja, ich hab mal *Diabolo* gespielt", antwortete er.

Ich winkte ab. „Das ist Steinzeit. *Call of the Force* ist die Zukunft."

Finn und der Typ nickten gleichzeitig, woraufhin ich ihnen ausführlich vom Spiel, von den Aufgaben, von den Schwierigkeitsgraden erzählte. Ich erzählte ihnen auch, dass ich Profi-Zocker werden würde. Aber sie waren nicht sonderlich beeindruckt.

Das kam davon, wenn man sich mit Hohlköpfen unterhielt. Wie konnte man sich nicht für Computerspiele begeistern?

Ein paar weitere Leute hatten sich zu uns gestellt, die ich jetzt ebenfalls aufs Zocken ansprach. Die meisten hatten zwar schon ein paar Spiele gemacht, aber nicht so wie ich.

„Wenn man ganz oben mitspielen will, muss man Tag und Nacht trainieren", erklärte ich gerade, als Helen wieder auftauchte. Sie zog mich weg.

„Auf dieser Veranstaltung ist mehr so die Musikfraktion vertreten", sagte sie. Ich zuckte mit den Schultern.

Kurz darauf fing das Konzert an.

Es war nicht so schlimm wie beim letzten Mal, als ich die Tablette eingeworfen hatte. Aber sehr viel besser auch nicht. Und Hannes war nach wie vor ätzend. Er ging voll ab auf der Bühne und fühlte sich dabei wahrscheinlich wie Ed Sheeran. Zumindest konnte er sich seine Haartolle mit einer Kopfdrehung genauso dämlich aus der Stirn wischen.

Das Publikum machte trotzdem mit. Fast alle tanzten. Helen warf mir vom Mischpult aus Küsse zu und bedeutete mir, zu ihr zu kommen.

Das Mischpult stand auf einem Baugerüst. Ich kletterte hinauf und sah eine Weile zu, wie Helen die Regler rauf- und runterschob und dabei mit glänzenden Augen herumtänzelte.

Was machte ich hier eigentlich? Das war nicht meine Welt. Ich wollte Profi-Gamer werden und nicht Helens Groupie. Ich wollte allein sein, vor der Konsole hocken und zocken. *Das* war meine Welt. Nicht diese künstliche hier, wo alle nett taten, es aber gar nicht waren.

Plötzlich wurde ich total wütend. „Ich muss aufs Klo", sagte ich barsch zu Helen.

Sie nickte und tanzte weiter, während ich vom Gerüst kletterte.

Das war es mit Helen, schwor ich mir, als ich ein paar Minuten später mein Fahrrad aufschloss. Jetzt hatte Hannes freie Bahn. Auch wenn Helen noch so oft sagte, dass sie nicht auf ihn stand.

Die Musik würde sie früher oder später zusammenbringen.

Und ich brauchte niemanden. Gamen war ein einsamer Sport und ich würde den Preis dafür gerne bezahlen. Die Leute hatten eh keine Ahnung. Ich konnte es kaum erwarten, wieder an der Konsole zu sitzen. *Get rich or die tryin'!*

20

Als ich zu Hause ankam, hockte Ma auf meinem Bett.

Oh Mann, sah die sauer aus. Aber das war ich auch.

„Ist was?", fragte ich entsprechend genervt.

„Du hast mich die ganze Zeit verarscht", presste sie nach einer Weile wütend hervor. Sie schüttelte den Kopf. „Ich war so blöd." Plötzlich sah sie traurig aus. „Ich hatte heute Abend einen Anruf. Rate mal, von wem."

Für einen Moment kam mir die irre Idee, ein Talent-Scout für E-Sport hätte sich gemeldet. Doch ich wurde enttäuscht.

„Von deinem Klassenlehrer. Herr Kloß macht sich Sorgen, weil du kaum in der Schule warst in den letzten Wochen – angeblich krank. Du hast Entschuldigungen gefälscht. Und meine Unterschrift auch."

„Das stimmt nicht", verteidigte ich mich. Vielleicht konnte ich die Sache ja noch irgendwie für mich hinbiegen. Klappte aber nicht.

„Das ist kriminell", schrie meine Mutter nämlich so plötzlich, dass ich vor Schreck einen Schritt nach hinten trat. „Und dazu die Geschichte mit der Sicherung. Gott, war ich blöd. Ich habe meinem Kollegen davon erzählt, und der hat mich ausgelacht. Hat gesagt, dass man die Sicherungen untereinander tauschen kann. Das hast du natürlich gemacht. Deswegen hast du auch nicht groß protestiert."

„Das ist doch Quatsch", sagte ich. Und dachte gleichzeitig: Genau – du warst zu blöd.

„Du hast mich nach Strich und Faden verarscht, Tim. Gib es wenigstens zu."

Ich machte ein schuldbewusstes Gesicht und nickte. Vielleicht konnte ich ja weiterzocken, sobald sie etwas Dampf abgelassen hatte. So schlimm war die ganze Sache nicht, fand ich. Und wenn ich ihr von meinen Zukunftsplänen erzählte, würde sie eh alles verstehen und sich entschuldigen.

Doch dann fiel mir plötzlich auf, dass in meinem Zimmer etwas fehlte. Etwas absolut Wichtiges.

„Wo ist meine Konsole?", fragte ich atemlos. In mir begann es zu brodeln.

„Ich hab das Scheißding weggeschmissen."

„Du hast *was*?", brüllte ich ungläubig. Meine Augen blitzten.

„Das Ding weggeschmissen", wiederholte sie.

„Du dämliche Kuh!" Ich ballte die Faust und holte aus. „Ich hasse dich!"

„Willst du mich etwa schlagen?", fragte sie erschrocken. „Willst du deine Mutter schlagen?"

Ich ließ den Arm oben, bewegte ihn aber nicht. „Wo ist die Scheißkonsole?", schrie ich.

Ma sah jetzt echt ängstlich aus.

„Ich hau hier alles kaputt, wenn du mir nicht sagst, wo sie ist!"

„Tim! Bitte!", flehte sie.

Mit einer wütenden Bewegung fegte ich die Lampe von meinem Schreibtisch. „Wo ist sie?" Als Nächstes riss ich Bücher aus dem Regal und warf sie durch die Gegend.

Meine Mutter flüchtete aus dem Zimmer, aber ich konnte mich nicht beruhigen. In meinem Kopf war alles wild und laut.

Ich schnappte mir eine Schere, schlitzte mein Bett und das Kopfkissen auf und schleuderte beides wie eine wild gewordene Frau Holle im Zimmer rum. Gänsefedern schwirrten durch die Luft, als würde hier drin ein Schneesturm toben. Dann warf ich den Stuhl um und versuchte die

Beine abzubrechen, was mir nicht gelang. Also trat ich die Schranktür ein, rupfte meine Klamotten raus und schmiss sie durchs Zimmer.

Dann bekam ich bohrende Kopfschmerzen. Ich konnte plötzlich nicht mehr klar sehen, so als würden sich am Rand meines Gesichtsfeldes schwarze Schlieren bilden. Mich packte die Panik, dass ich blind werden könnte, dass die Schlieren meine Augen zukleistern würden. Dann nahm mein Herz Fahrt auf, wurde immer schneller, raste. Gleich explodiert es, schoss es mir durch den Kopf. Ich öffnete den Mund zu einem Schrei.

Ich weiß nicht, ob ich wirklich losbrüllte oder es mir nur einbildete. Aber das ganze Zimmer war mit einem Mal von Lärm erfüllt. Geschrei, Gepolter und so ein widerliches Keuchen. Ich spürte einen Schmerz in meinem Arm und dann war plötzlich Ruhe.

Ich merkte, dass ich auf dem Rücken lag. Über mir schwebten zwei Gesichter, die ich nicht kannte. Zwei Männer. Der eine redete auf mich ein, aber ich verstand kein Wort. Da war nur ein Brausen in meinen Ohren.

Im Hintergrund schob sich das Gesicht meiner Mutter in mein Blickfeld. Auch sie redete auf mich ein. Ich verstand noch immer nichts, aber sie weinte. Das konnte ich erkennen.

Und da fing auch ich an zu weinen.

Hemmungslos. Es tropfte mir einfach aus den Augen. Ein paar Tränen liefen mir in den Mund. Ich musste husten und bekam Angst zu ersticken, weshalb ich noch mehr weinte.

Ma nahm meine Hand, während die Männer mich auf eine Trage legten und dort festbanden. Sie ließ nicht los, auch nicht im Krankenwagen. Wir weinten beide die ganze Fahrt über.

Ich schämte mich so: Meine Mutter hatte Angst vor mir gehabt. Beinahe hätte ich sie geschlagen. Was war ich für ein Arschloch?

Im Krankenhaus machten sie ein paar Tests: Sie nahmen mir Blut ab, ließen mich auf einer Linie balancieren, fragten meine Mutter, ob ich öfter aggressiv wäre.

Die Ärztin wollte wissen, ob ich Drogen nahm. Ich erzählte ihr von Special A.

Sie erklärte, dass man davon manchmal Flashbacks bekäme, selbst wenn man es nur einmal genommen hätte, so wie ich. Mein Verhalten könnte aber auch einfach ein Ausraster gewesen sein. Oder eine Panikattacke.

Körperlich gesehen fehlte mir jedenfalls nichts. Darum ließen sie uns nach Hause gehen.

Im Taxi saßen Ma und ich eng beieinander.

Als ich dann mein Zimmer betrat, war ich fassungslos. Was für eine Verwüstung!

„Es tut mir leid", sagte ich zu Ma und zeigte auf die zerstörten Sachen.

„Das kann man ersetzen." Sie strich mir vorsichtig über den Kopf. „Dich kann man nicht ersetzen."

Wir weinten wieder ein bisschen und dann räumten wir gemeinsam auf. Als wir das Zimmer einigermaßen hergerichtet hatten, tranken wir in der Küche einen Kakao.

Es war mitten in der Nacht, aber wir konnten beide nicht schlafen.

„Wir müssen was unternehmen", sagte Ma.

„Ja, ich weiß."

„Irgendwas ist schiefgelaufen."

Ich nickte.

„Wir müssen uns Hilfe holen, wir kommen da allein nicht raus."

„Ja", sagte ich und fühlte mich, als wäre ich aus meinem Leben geflogen.

21

Am nächsten Tag blieb ich zu Hause. Ma rief in
der Schule an und meldete mich krank. Auf ihrer
Arbeit meldete sie sich ebenfalls krank. Dann
suchten wir im Internet nach Hilfe.

„Es gibt tatsächlich Kliniken, wo sie
Computerspielsucht behandeln." Ma klang
überrascht. „Das ist ja wie mit Alkohol oder so
was."

„Jetzt übertreib nicht gleich", murrte ich.

Bevor Ma etwas erwidern konnte, klingelte
das Telefon. Sie verschwand für eine Weile in der
Küche. Als sie sich wieder zu mir setzte, strahlte
sie über das ganze Gesicht.

„Wir bekommen heute Nachmittag Besuch",
verkündete sie, mehr sagte sie aber nicht.

Erst als es kurz nach drei an der Tür schellte,
verriet sie mir den Namen.

„Es ist Herr Kloß", sagte sie. „Ich habe es dir
vorhin nicht gesagt, weil ich Angst hatte, dass
du vielleicht durchdrehst."

„Dass ich wieder was kaputt haue?"

Ma lachte. „Nein, das nicht. Eher, dass du dich weigerst ihn zu sehen. Weil du keine Lust hast, deinen Lehrer hier zu treffen."

Hatte ich auch nicht, aber es hätte schlimmer sein können. Ein Psycho-Doc oder so jemand. Johnny English war schon okay.

„Wahrscheinlich hat er sein Lieblingsbuch mitgebracht und liest uns daraus vor", witzelte ich, während sie zur Tür ging.

Johnny betrat schwungvoll unsere Wohnung. Ma und er begrüßten sich etwas verlegen, wie Teenager beim ersten Date.

Dann sah er mich an und sagte ernst: „Du machst ja Sachen."

Das war so ein Satz, wie ihn Erwachsene in dieser Situation gern von sich geben. Sie können nichts dafür, sie wissen es einfach nicht besser. Jemand in meinem Alter hätte vielleicht gesagt: „Krass, Alter." Oder: „Du Loser!" Aus Spaß natürlich, und vor allem nicht in diesem ernsten Ton – als sei man gestorben oder kurz davor.

Ma setzte Kaffee auf und wir gingen ins Wohnzimmer.

Dann ergriff Johnny das Wort. „Ich habe ein bisschen rumtelefoniert. Ein Freund von mir ist Psychologe …"

In meinem Kopf gingen Alarmglocken los.

„Warte doch erst mal ab", sagte Ma, als sie mein Gesicht sah.

Johnny English redete einfach weiter. „Der kennt wiederum eine Ärztin, die sich auf so was wie Internetsucht spezialisiert hat. Und die arbeitet in einer Klink, wo Fälle wie deiner behandelt werden."

Fälle wie meiner. Was meinte er denn damit? Ich fragte nach.

„Man ist da für ein paar Wochen ohne Handy, Computer und Ähnliches", antwortete Johnny.

„Was, ohne Handy?!", rief ich. „Ohne Computer und so, das kann ich mir ja noch vorstellen. Aber ohne Handy ist man doch völlig abgeschnitten von der Welt."

„Darum geht es ja. Man ruht sich aus."

„Klingt nach Altenheim", sagte ich.

„Also, man ruht sich nicht *nur* aus. Man macht auch Sport und chillt."

Man chillt! Mensch, Johnny. Zum einen hieß das nix anderes als ausruhen. Und zum anderen war das echt schlimm, wenn Erwachsene versuchten einen auf jugendlich zu machen.

Johnny lächelte mir zu. „Du könntest da sofort einen Platz haben. Das wäre eine echte

Chance, Tim. Normalerweise geht das nicht so schnell."

Trotzdem war ich skeptisch. Das klang alles nicht so richtig hilfreich. Was konnten die mir in so einer Klinik schon beibringen, was ich nicht bereits wusste? Ich musste nur eine Weile aufs Zocken verzichten, dann würde es schon wieder gehen.

Meine Mutter war auf Johnnys Seite. „Das klingt doch gut", sagte sie. „Du ruhst dich eine Weile aus und fertig."

Ich schüttelte den Kopf. Dann fiel mir etwas ein. „Und was ist mit der Schule? Ich kann doch nicht wochenlang fehlen." Jetzt hatte ich sie, gegen diesen Einwand kamen sie nicht an.

„Kein Problem", sagte Johnny sofort. „Da gibt es auch Unterricht."

Ma nickte zufrieden. Sie wollte mich also tatsächlich in eine Psychoklinik schicken, wo ich Sport treiben und Schule machen sollte.

„Das wird dir gefallen", sagte Johnny aufmunternd.

Das bezweifelte ich, aber etwas Besseres fiel mir nicht ein.

Und irgendwie hatte ich ja auch Angst, dass ich wieder ausrasten könnte. Also sagte ich Ja.

22

Ich bin jetzt seit vier Wochen in dieser Klinik in
Bad Sowieso und so schlimm finde ich es gar
nicht. Es ist zwar etwas langweilig, aber
irgendwie tut mir das gut. Ich denke an nichts
Besonderes, gehe viel schwimmen, spiele
Basketball, male, bastele Stühle, töpfere und so
weiter.

Ich schreibe auch viel. Geschichten.

Klingt seltsam, ich weiß, aber es ist ja nicht
für ewig.

Zwischendurch unterhalte ich mich mit der
Therapeutin, die echt nett ist. In unseren
Gesprächen geht es auch gar nicht immer nur
ums Zocken und Sucht und diese Dinge.
Manchmal quatschen wir einfach. Über alles
Mögliche.

An den Wochenenden kommt Ma mich
besuchen und dann spazieren wir durch den
kleinen Ort und essen Kuchen. Ma gibt sich die
Schuld, dass ich spielsüchtig geworden bin. Sie
meint, sie hätte mich vernachlässigt. Aber das ist

Unsinn. Ich bin einfach irgendwie reingerutscht und allein nicht mehr rausgekommen.

Helen habe ich aus der Klinik einen Brief geschrieben, in dem ich alles erzählte. Ich hab nicht damit gerechnet, dass sie antwortet. Aber drei Tage später lag ein Umschlag vor mir.

Sie schrieb, dass sie mein Verhalten der letzten Wochen erst jetzt richtig einordnen könnte. Und sie wunderte sich, dass sie nicht früher erkannt hatte, was mit mir los war. Schließlich gab es ja einige Hinweise. Außerdem wollte sie mich gern besuchen kommen.

Ich antwortete, dass ich mich freuen würde.

Einige Tage später rief sie mich dann an. Auf diesem altmodischen Apparat im Zimmer der Therapeutin.

„Du hattest übrigens recht mit Hannes. Als du weg warst, hat er sich an mich rangewanzt. Hat gesagt, wie toll er es findet, wenn wir zusammen Musik machen. Das wäre, als wenn das Universum lächeln würde. Hast du schon mal so was Kitschiges gehört? Und dann hat er versucht mich zu küssen. Wie eklig. Ich fand ihn ja ganz nett, aber nur als Kumpel. Als Typ hat er mich nie interessiert. Schon diese Wischmopp-Frisur. Das sieht so albern aus."

Ich lachte. Vielleicht würde aus Helen und mir ja doch noch ein Paar werden.

Apropos Paar: Ma trifft sich jetzt manchmal mit Johnny English.

Ich weiß nicht, was ich davon halten soll. Er ist ja ganz nett, aber irgendwie auch ein ziemlicher Spinner. Für mich wird er immer Johnny English bleiben.

Das Zocken habe ich bisher kaum vermisst. Nur als ich vor ein paar Tagen in der Zeitung las, dass im nächsten Jahr eine neue Version von *Call of the Force* auf den Markt kommt, kribbelte es mir ziemlich in den Fingern. Ich hatte fast das Gefühl, den Controller in meinen Händen zu spüren.

Aber das war schnell vorbei und ich denke nicht weiter darüber nach.

Die Therapeutin hat gesagt, dass es nicht darum geht, gar nicht mehr zu spielen oder keinen Computer mehr zu benutzen. Sondern darum, den Umgang damit zu lernen. Jemandem, der eine Essstörung hat, kann man ja auch nicht das Essen verbieten.

Sie meint, es würde immer ein Kampf bleiben. Aber sie sagt auch, dass ich das schon hinkriegen werde, denn ich sei ziemlich stark.

Das denke ich auch. Ich bin gerade voll drin in der Realität und das ist ein gutes Gefühl. Ich muss einfach aufpassen, dass ich nicht wieder in die virtuelle Welt abrutsche.

Das richtige Leben findet nämlich hier statt. Genau jetzt.